CHENGSHI SHENGTAI ANQUAN
PINGJIA DE LILUN YU SHIYAN

城市生态安全
评价的理论与实践

李 辉 魏德洲 张 影 周玲琍 编 著

化学工业出版社
·北京·

本书是一本关于城市生态安全评估与生态城市建设的基本理论、评估方法及案例应用的专著。在分析国内外相关理论发展和实践进程的基础上，结合我国实际，从理论研究和实例分析两方面阐述城市生态安全评价的理论体系、评价系统、评价工作程序、评价方法以及生态城市建设与规划等内容，建立了生态安全评价指标体系框架，并且对辽宁省 14 个主要城市进行生态安全评价实例分析。

本书可供城市科学、环境科学、管理科学等领域的科研、管理和决策人员阅读参考，也可以作为相关专业本科生或研究生的教学参考用书。

图书在版编目（CIP）数据

城市生态安全评价的理论与实践/李辉等编著. —北京：化学工业出版社，2010.11
ISBN 978-7-122-09522-0

Ⅰ. 城… Ⅱ. 李… Ⅲ. 城市环境-生态环境-评价-研究
Ⅳ. X21

中国版本图书馆 CIP 数据核字（2010）第 182685 号

责任编辑：满悦芝　　　　　　　　　　装帧设计：杨　北
责任校对：宋　玮

出版发行：化学工业出版社（北京市东城区青年湖南街 13 号　邮政编码 100011）
印　　刷：北京云浩印刷有限责任公司
装　　订：三河市宇新装订厂
787mm×1092mm　1/16　印张 6¾　字数 152 千字　2011 年 1 月北京第 1 版第 1 次印刷

购书咨询：010-64518888（传真：010-64519686）　售后服务：010-64518899
网　　址：http://www.cip.com.cn
凡购买本书，如有缺损质量问题，本社销售中心负责调换。

定　　价：29.00 元

前　言

　　近年来，在全球范围内，生态安全形势越来越严峻，局部地区生态破坏已经危及人类的生存与经济社会的可持续发展。生态安全已经成为国家安全的重要组成部分。城市作为人类社会经济、政治、科技、文化发展的中心，在享受经济社会发展成果的同时，也吞噬着城市化进程所带来的生态环境不断恶化的苦果。

　　城市生态安全问题日益严重，迫使人类不得不重新审视过去的城市发展道路。"生态城市"一经提出，就得到了世界各国的普遍关注和接受，生态城市理论更是成为未来城市发展观的主要流派。可持续、高效率、安全、公正、健康、人文化和生态化成为未来城市追求的目标。

　　本书围绕生态安全评价与生态城市建设，以理论研究和实例分析为两条主线展开。全书共8章，主要讨论了三方面内容：一是生态安全评价的理论体系研究。通过对生态安全概念与内涵的分析与总结，提出生态安全评价的概念，并探讨生态安全评价的特点、原则、理论基础，提出生态安全评价系统的概念，确定生态安全评价工作程序与指标体系，为我国尽早出台生态安全评价规范提供参考依据。二是以"经济、社会、资源、环境"复合大系统思想研究讨论城市生态安全评价，以辽宁省14个主要城市为例，利用模糊综合评价方法，进行生态安全评价实例分析，从方法上和实践上为生态安全评价在我国的开展提供参考依据。三是对国内外生态城市建设与规划的实例进行分析，提出目前我国生态城市发展规划的指导思想、原则、目标与内容。

　　本书的出版，得到沈阳市科技计划项目"沈阳市生态城市发展规划与管理体系研究（项目编号：1091209-5-00）"的资助，同时得到沈阳市重点项目管理工作办公室赵恒波、程育、杨仕礼、林宪伟、范立刚等领导的支持、关心与帮助，在此一并表示感谢。

　　由于编者水平有限，书中难免会有不妥之处，恳请读者批评指正。

编著者

2010 年 10 月

目　录

第1章 城市生态安全概述

不是任何环境条件下都可以孕育生命的。人类的生命是适宜生态环境的产物，人类所有的活动都必须依托于所栖息的生态环境。生态系统为人类提供了必不可少的生命维护系统和从事各种活动所必需的最基本的物质资源。当生态环境状况发生不良变化时，人类的健康也就相应受到影响，甚至难以生存，历史上一些古老文明的衰亡就与生态环境的退化有密切关系。人、生物和环境之间生态关系的和谐性伴随着整部人类的发展史。

"生态安全"问题是个诠释古老问题的新概念。工业革命后，人类创造出高度的物质文明，与此同时，也给自己的生存环境带来了巨大危害。从整体上看，地球生态环境正在向着不利于人类生存和发展的趋势变化，比如国际公认的大气污染引起的气候变化、臭氧层破坏、生物多样性迅速减少、森林和草原急剧消失、土地沙化蔓延、水资源短缺和污染、有毒化学品对人体健康的危害等。这些问题都对人类生存构成威胁。时至今日，当大多数生态系统遭受来自于人类的日益严重的威胁时，我们才开始思考这一危及人类自身安全的问题。

城市是人类社会经济、政治、科技、文化发展的中心，是以从事工业、商业、交通等非农业生产活动为主的居民点。城市的出现和发展既是人类社会进步和科学技术发展的结果，又进一步推动着经济社会的发展，但是随着城市的发展和扩张，人们享受经济社会发展成果的同时，也吞噬着城市化发展所带来的生态环境不断恶化的苦果。在一些地区，城市环境恶化速度甚至超过了经济增长的速度。

城市问题日益严重，迫使人类不得不重新审视过去的城市发展道路。"生态城市"一经提出，就得到了世界各国的普遍关注和接受，生态城市理论更是成为未来城市发展观的主要流派。可持续、高效率、安全、公正、健康、人文化和生态化成为未来城市的追求目标。

1.1 世界范围生态安全形势恶化

近几十年来，世界人口激增和科学技术的巨大进步使得人类以前所未有的规模和速度改变着生存环境。然而，人类也越来越深地被这种改变所带来的负面影响所困扰。资源枯竭、植被破坏、水土流失、人口激增、环境恶化等引发了一系列危机：人口危机、能源危机、沙漠化危机、水资源危机、臭氧层危机、环境污染危机、生物多样性危机以及由这些危机直接或间接导致的政治、社会和经济危机，已经对人类生存和发展构成了广泛而严重的威胁。

根据联合国开发计划署（UNDP）资料显示，在发展中国家内部，最大的生态安全威胁之一是水的安全问题。1994年世界人均水的供给量只有1970年的1/3。水资源匮乏日益成为诱发种族冲突和政治紧张局势的主要因素之一。1990 年发展中国家约有 13 亿人难以获得清洁用水。多数水污染是卫生设施不足的结果，目前全球有将近 20 亿人缺乏安全的卫生设备。另外，发展中国家每年有 3 万～4 万平方千米的森林被毁，再加上过度放牧和养护方式单一，沙漠化必然加速。仅在非洲撒哈拉以南地区，在过去 50 年中就有 65 万平方千米的可耕地变为沙漠。甚至灌溉田也受到盐碱化的威胁，中亚地区 25% 的灌溉田、巴基斯坦 20% 的灌溉田都遭受到盐碱化的危害。

工业化国家主要的生态安全威胁之一是空气污染。洛杉矶每年产生的污染物有 3400t，伦敦则为 1200t，这些污染物对人体健康有害，对自然环境也造成危害。欧洲森林因空气污染造成的损害导致每年 350 亿美元的经济损失，每年由于空气污染造成的农业损失也为数不小，据估算，瑞典为 15 亿美元，意大利为 18 亿美元，波兰为 27 亿美元，德国为 47 亿美元。

尽管工业化国家与发展中国家生态破坏的特点不同，但后果是一致的。发展中国家的城市空气污染也相当厉害，墨西哥城每年产生 5000t 空气污染物，曼谷严重的空气污染使得该城 40% 以上的交通警察患上了呼吸道疾病。近年来，不少经常性的自然灾害也是人为造成的，砍伐森林造成严重的旱灾和洪涝，人口激增导致贫穷与土地缺乏，迫使人们迁徙到比较贫瘠的边缘地区，从而使他们暴露在自然灾害的威胁之下。结果是灾难规模增大，次数增多。从 1967 年到 1991 年，自然灾害波及 30 亿人口，其中 80% 在亚洲，致使七百多万人死亡，二百余万人受伤。

另外，有毒化学品对人体健康的危害也在全球范围内引起广泛关注。2000 年 12 月通过的《关于就某些持久性有机污染物采取国际行动的斯德哥尔摩公约》（简称 POPs 公约），对毒性极高并在环境中持久存在、能通过食物链在生物体内逐渐富集、还可转移到下一代体内的有机污染物采取了管制措施，首批被禁止的有 12 种，其中农药 8 种，化学品 2 种，工业副产物 2 种。又如《关于在国际贸易中对某些危险化学品和农药事先知情同意程序的鹿特丹公约》（简称 PIC 公约），为了防止危险化学品和农药通过国际贸易可能给一个国家或地区的人民和环境造成灾难，化学品出口国要通知并征得进口国的同意，方可出口。经许多国家和国际组织多年调查研究证明，许多化学品都具有"三致"（致癌、致畸、致突变）毒性。初步确定 140 种物质对动物有很大毒害，其中有很多化学品对人有致癌毒性。调查研究表明，80%～85% 的人类肿瘤与化学品致癌有关。美国对数千种化学物质进行了风险评价，把对生物有急性或慢性毒性、易挥发、难降解、高残留、易在生物体内富集，并致畸、致癌、致突变这个范围内的化学物质作为控制对象。在美国的《清洁水法》中，规定 299 种污染物为控制对象，在《清洁空气法》中规定 189 种污染物为控制对象。

近 20 年来出现了一个新的名词，叫"环境激素（Environmental hormone）"，是指外源性干扰生物与人体正常内分泌机能的化学物质。一些西方国家对此进行了大量调查研究。环境激素类物质通过环境介质和食物链进入人体或野生动物体内，干扰其内分泌系统和生殖功能，使生物和人类的持续生存和繁衍受到威胁。英国科学家发现，长期生长在受污染水域中的大部分雄性鱼，竟会变成两性鱼或雌性鱼；鸟类吃了含有杀虫剂的食物产卵减少，蛋壳变薄，难以孵出小鸟，使一些珍稀鸟类濒临灭绝。研究人员在欧洲一些国家、美国、日本等 20 多个国家的广泛调查发现，1938～1991 年期间成年男子的精子数量平均减少了 50%，致使 20% 的妇女不能生育，并且畸胎、怪胎比例呈明显上升趋势。西方国家已初步筛选出 70 种化学品为环境激素类物质。在日本，环境激素引起了社会的恐慌。日本环境省公布了 67 种化学物质为环境激素，其中丁基锡、辛基苯酚、壬基苯酚、邻苯二甲酸二丁酯、八氯苯乙烯、苯酰苯、邻苯二甲酸环己酯被认为是最危险的 7 种，它们多用来制造涂料、树脂、可塑剂、洗衣剂等，是生产人们日常生活用品的原料。

保持生物多样性是人类生存和发展的基本条件之一，也是生态安全的重要方面。据估计地球上有 500 万～3000 万种生物，包括了动物、植物和微生物，人类只是这群生物中的一员而已，当然是一个智慧最高和影响力最大的成员。地球上的生物，相互制约、相互依存，构成了一个有机共生体，人类也是靠自然界的生物群落而生存和发展起来的。人类食物的 90% 来自 20 多种动植物，衣物也来自生物，就是医药也主要来自生物，只是到了近代出现了人工合成药以后才减少了这种依赖，但是一大半的药品原料仍来自自然界的生物。今天，世界人口正在不断增长，粮食的需求和其他方面的需求愈来愈多。这些需求主要还是要向自然界索取，向生物界索取。生物多样性是物质资源的巨大宝库，对于这座宝库，人类只不过利用了其中的微小一部分，大大小小加起来也不过 200 种左右的生物，还有大量的生物有待人类去认识和利用。

但是，人类在开发利用大自然中，曾一度不顾后果，进行掠夺式的开发，造成了森林被毁、草原破坏、水源污染、环境被毒化，庞大的生物群落因失去了适宜的环境而急剧消亡。物种的消亡是致命的，一个物种消失了，就永远不可恢复。现在物种以每天一个到几个的速度在消失，如按照目前人类的发展方式和生活方式继续下去，预计每分钟会消失一个物种。已有证据表明，自 1600 年以来，全球已有 83 种哺乳动物和 113 种鸟类灭绝，而且其中 1/3 的物种灭绝发生在近 150 年间。一个物种的灭绝，常常导致 10～30 种生物的生存危机。目前全球大约有 11% 的鸟类，25% 的哺乳动物，34% 的鱼类正濒临灭绝。专家指出，如果生物继续大量消亡，人类的生存也会发生危机。

转基因生物技术和生物体在生态安全方面也潜伏着极大的危险性。1983 年首批转基因作物烟草和马铃薯问世。1986 年首批转基因作物获准进行田间试验。1996 年美国孟山都公司研制的延熟保鲜转基因番茄获准在美国上市，这是工业化国家批准商业化的第一个转基因作物。此后，全球转基因作物种植面积持续增长，从 1996 年的 1.7 万平方千米增加到 2002 年的 58.7 万平方千米，短短 8 年间增加了约 35 倍。目前，全球已有 16 个国家的 600 万农民以种植转基因作物为生。据估计，用各类转基因作物生产加工的食品全世界有近万种。据国际有关方面预测，到 2010 年，世界转基因食物的市场总收入将达 30000 亿美元，其中仅转基因食物的种子收入就可达 3000 亿美元。

然而，转基因技术在给人类带来利益的同时，也潜伏着极大的危险，转基因食品的安全问题引起了人们的广泛关注。转入植物的基因多数为抗除草剂基因，当这些基因通过基因流逐渐在野生种群中定居后，就使得作物的野生亲缘种具有了潜在的选择优势，从而产生难以控制的"超级杂草"，会给人类生态环境带来灾难性的后果；英国生物学家称，转基因马铃薯会减弱老鼠的免疫系统功能；美国康奈尔大学科学家发现，一种抗虫害的转基因玉米的花粉会导致蝴蝶幼虫死亡，并危害相关生态环境。这些事例都说明转基因食品可能潜伏危险，科学家为此呼吁转基因食品在没有取得科学论证之前，不要匆忙推向市场，否则将导致毁灭性的环境和健康灾难。研究指出，"基因污染"的一个直接后果是严重破坏生物多样性,从长远看对农业生产是不利的。近几十年来,农业绿色革命已经极大地削弱了农业生产的生物多样性,如果再大力推广品种更加单调的转基因作物,将会使更多的经过时间考验和凝聚着许多代人心血的良种走向消亡,有可能带来难以预料的灾难性后果。人们还对基因种子公司在全球范围内不断扩大"基因污染"而忧虑,一些基因种子公司在世界各国不断注册基因专利,目的是实现种子垄断。如 1999 年美国孟山都公司生物技术和基因种子销售额达到 51 亿美元。全球最大的 10 家种子公司则控制了世界种子商业贸易的 1/3。

1.2　我国主要生态安全问题

目前,我国的自然生态环境正潜伏着不容忽视的危机。据世界银行统计资料显示,我国目前的空气和水污染所造成的经济损失估计每年大体占国内生产总值的 3%～8%。我国空气污染自 20 世纪 80 年代以来,尽管颗粒物排放量大体保持不变,但二氧化硫的排放量直线上升。我国空气中的颗粒物和二氧化硫浓度现在仍属世界最高之列。铅污染程度不断上升,有些地区多达半数的儿童都有血液中铅水平升高的问题。我国由慢性阻塞性肺病导致的死亡率是美国的 5 倍。这与大气中的总悬浮颗粒物（TSP）和 SO_2 浓度的差别有关的。

从我国目前情况来看,生态安全的重点主要是土地、水源、天然林、地下矿产、动植物物种、大气等自然资源。近年来,我国生态环境保护已经引起各级部门的重视,取得了一定进展。但应看到,我国生态环境基础原本就脆弱;庞大的人口对生态环境又造成了重大的、持久的压力;我国虽已确定以可持续发展作为国家发展战略,但是个别地方以牺牲环境求发展的传统发展模式依然对生态环境造成了很大冲击和破坏。因此,我国生态环境形势严峻。

1.2.1　国土安全问题

人类生存和社会发展都离不开土地。土地对于工商业或交通运输业等非农业生产而言,只是地基和空间,但在农业生产中,它不仅是劳动力和其他生产资料的活动基地,而且直接参与产品的形成,是人类不可或缺的、最基本的生产资料。因此,国土资源是一个国家人民生存的最基本条件,是人类栖居的基地和衣食的基本来源,就是在人类科学技术高度发展的今天,国土资源的多寡和优劣仍然是决定一个国家安全度的重要方面,特别是对于像中国这样一个人口众多的发展中国家来说,更是一个先决性条件。当前中国国土资源面临着诸多问题,构成了对生态安全的严重威胁。其主要表现在以下几个方面。

① 水土流失严重。据近期遥感调查,目前我国水土流失面积为 355.6 万平方千米,占国土面积的 37.4%,每年流失表层土在 50 亿吨以上,丧失的肥力高出全国化肥的产量。这不仅造成巨大经济损失,而且使土壤肥力不断下降,导致化肥用量的逐年升高,土壤肥力却又愈来愈瘦,从而形成恶性循环。耕地的肥力主要存储于表层土,表层土的流失导致了土壤肥力的不断衰退和生产力的不断下降。据研究推算,形成 1cm 厚的土层需要 120～400 年的时间,而一些地区每年流失的表层土在 1cm 以上,有的甚至超过 3cm,土壤流失的速度比土壤形成的速度快 120～400 倍。从 20 世纪 50 年代以来,由于水土流失

而失去的耕地达 2.7 万多平方公里，平均每年 670km^2 以上。同时，严重的水土流失又淤积了江河湖库，是许多地区洪水灾害的重要原因。不仅被称为悬河的黄河是由大量泥沙淤积而起，就是长江也面临着同样的威胁。长江上游每年土壤侵蚀量高达 15 亿吨以上，其中 1/3 的泥沙进入干流，2/3 的粗沙、石砾淤积在支流河道和水库中，降低了河道的行洪能力。据调查，全国水库泥沙淤积已达 200 亿吨以上，相当于减少了库容 1 亿立方米的大型水库 200 座。

可以说，水土流失是中国面临的头号环境问题，这个生态环境问题得不到控制，生态环境特别是农业生态就不可能得到根本改善。造成水土流失加剧的成因，一是自然因素，主要是水力侵蚀和风力侵蚀；二是人为因素，主要是不适当的开垦、过度采伐和过度放牧等造成的植被破坏。

② 土地荒漠化加剧。我国天然草原近 400 万平方公里，约占国土面积的 40%，是我国陆地面积最大的天然系统，也是环绕东北、华北、西部最大的绿色屏障。但是，草原正在严重退化和沙化。目前我国沙化土地 168.9 万平方公里，约占国土总面积的 17.6%。其中有 116 万平方公里的沙漠是在目前技术和财力条件下难以治理的；有 52.9 万平方公里的沙化土地经过努力是有可能恢复其原有的草地和耕地面貌的。另外，还有 90 多万平方公里的土地处于明显沙化的过程中，如果不采取有力措施，也会逐步变成荒漠。目前，形成了一条西起塔里木盆地，东至松嫩平原西部，东西长约 4500km，南北宽约 600km 的风沙带。据统计，目前我国土地沙化面积每年扩大 3000km^2，相当于每年损失一个中等县的土地面积。由于沙漠化的发展，给沙漠化地区经济和人民生活都造成了很大困难。据专家估计，每年土地沙化造成的直接经济损失达 540 亿元，相当于西部 5 省 1996 年财政收入总和的 3 倍。一些地区还形成了生态难民，仅青海省由于沙化破坏了人类生存条件，迁移生态难民就达 20 多万人。2000 年北方地区遭受了 13 次沙尘暴袭击，长江下游地区也受到了影响。统计表明，大面积的沙尘暴频率在不断加快：20 世纪 50 年代 5 次，60 年代 8 次，70 年代 13 次，80 年代 14 次，90 年代 23 次。

水土流失的另一个严重后果是石漠化的出现。在四川、云南、贵州、广西、甘肃、陕西部分地区，山高坡陡、表层土壤薄（一般为 10～30cm）。由于植被破坏，随雨水的冲刷平均每年流失土壤厚度在 0.5～1cm，有些地方高达 2～5cm。现在这些地区出现了大面积的裸石山，被称为"石漠化"。这是继西北地区土地沙化蔓延的又一新的恶性发展，也是造成这些地区生态环境恶化，群众生活困难的重要原因。

土地沙化的加剧，有气候变化和自然灾害等自然原因，但主要是不适当的人为活动引起的。主要原因包括盲目开垦、过度放牧、滥采滥伐、水资源开发利用不合理等。

③ 耕地退化、盐渍化和酸雨的发展突出。在干旱和半干旱地区，有 40% 的耕地存在不同程度的退化。土壤盐渍化发展突出，现已形成的盐渍化土地近 37 万平方千米，加上原生的盐渍化土地，面积已达 80 多万平方千米。耕地一经盐渍化，农作物产量急剧下降，甚至弃耕。盐渍化土地的形成是由不合理的耕作方式，特别是不适当的用水方式造成的。

从 20 世纪 80 年代在西南部分地区出现酸雨，到 20 世纪 90 年代整个南方地区都出现酸雨，北方城市地区出现酸雨的比率也超过了 50%，酸雨面积已占到国土面积的 30%。酸雨主要是燃煤排放的 SO_2 形成的，我国每年 SO_2 排放量在 2000 万吨左右。有关研究表明，SO_2 排放造成的经济损失每年高达 1165 亿元，约占 GDP 的 2.0%。

④ 非农业建设用地大幅度增加，耕地资源在不断减少。20 世纪 80 年代初到 90 年代中期的 15 年，净减少耕地 5400km²，相当于减少了江苏或吉林的全部耕地。近几年，我国政府修改了《土地管理法》，加强了对耕地资源的管理，形势有所好转，但每年被占用的耕地仍在 2000～3000km² 之间。全国已有 666 个县突破了联合国粮农组织确定的人均耕地 0.8 亩的警戒线，其中 463 个县人均耕地已不足 0.5 亩。这对中国庞大人口的吃饭问题不能不说是一个威胁。

从以上列举可以看出，我国在国土资源方面的问题非常突出，构成了对生存环境的严重威胁，对此应引起高度的警觉。

1.2.2　水安全问题

水是生命之源，一切生物都离不开水，没有水就没有生命。人类在农牧时代，水源是生产的决定因素之一，就是在进入信息社会的今天，水源仍然是国民经济的决定因素，没有水源，一切发展都无从谈起。世界上许多国家面临水源危机，有人称："石油危机之后，下一个危机便是水"。当前我国水资源形势严峻，构成了对国家生态安全的严重威胁。全国每年降水总量 62000×10⁸m³。但人均量很低，受气候和地形影响，降水分布极不均衡，形成南涝北旱的局面。长江流域以南地区水资源占全国的 80% 以上，耕地面积只占全国总数的 1/3；而北方地区干旱少雨，水资源占有量很少，耕地却占全国耕地的 60% 以上，旱灾已成为农牧业的主要灾害。同时，水资源短缺也严重影响了城市人民生活和工业生产。全国 600 多座城市中有 400 多座供水不足。在北方地区，河流萎缩断流、干旱加剧是带有普遍性的问题。

湖泊退化是水环境恶化的重要表现。我国湖泊普遍萎缩和退化。以长江流域湖泊为例：20 世纪 50 年代有 1066 个，到 90 年代初减至 182 个。因围垦和淤积，华北平原的白洋淀水面缩小了 42%，洞庭湖水面减少了 46%，湖底平均升高了 1m，蓄水能力大为降低。青海湖在 1959～1988 年的 30 年间，湖面下降近 3m，现在还在继续萎缩。又如，内蒙古的阿拉善地区，由于上游截留水源，致使流经额济纳绿洲的水由过去每年的 12×10⁸～13×10⁸m³，锐减至 2×10⁸m³ 左右，居延海等上百处数平方千米的沼泽和湖泊干涸，大片树木枯死，绿洲变为荒漠，形成了大批生态难民。新疆塔里木河由于上游取水过多，致使河流断流，流程缩短 300 多千米，造成下游流域生态系统严重恶化。

水资源的另一威胁来自污染。据原国家环境保护总局的统计，每年污水排放量达 410×10⁸m³，其中 80% 未经适当处理就排入江河湖海，全国有 75% 的湖泊明显受到污染。在调查评价的 10 万千米河段中，47% 的河段受到不同程度的污染，其中 10% 的河段污染严重，已丧失使用价值。在北方的辽河、海河、淮河等流域，污水与地表水的比例高达1：6～1：14。据我国有关专家多项研究结果显示，水污染造成的经济损失占 GDP 的 1.46%～2.84%。水污染加剧了水源紧张局势。

水资源的严重短缺，对经济发展和生态环境带来了灾难性的后果，中国多处地区都处在水资源危机中。据报道，缺水导致华北平原生态急剧恶化。西部开发更是受到水资源短缺的严重制约。水资源的紧缺很大程度上是人为造成的，其主要原因是低效率使用，重点是农业的大水漫灌和工业生产中的低重复使用。万元 GDP 用水量，发达国家一般在 50m³，其中瑞士为 5m³，日本为 21m³，以色列为 24m³，法国为 29m³，英国为 13m³。而我国万元 GDP 用水量则为 730m³，我国工业万元用水量不仅高于发达国家，也高于印度等发展中国家，农业用水也是如此。另一个原因是产业结构不合理，在水资源紧缺地区不适当地种植耗水量大的农作物，开办耗水量大的工业企业。一些地区超量开采地下水，地面下沉，土地生态急剧恶化。另外，水污染进一步加剧了水资源的紧缺。

1.2.3　环境与健康安全问题

我国虽然对环境污染和有毒化学品的危害缺乏全面的调查评价，但从目前掌握的情况和监测数据看，形势不容乐观。

大气污染物成分复杂。从大气污染来看，我国北方城市大气中总悬浮颗粒物的年平均浓度为 $336\mu g/m^3$，超出国家一级标准 4 倍以上。在联合国有关机构公布的世界 10 大污染严重城市中，中国占据了 7 个。据测定，北方某市大气中有害污染物 130 种，其中 7 种为苯系物，13 种为醛酮类，9 种为卤化烃类，25 种为低分子烃，5 种为环境激素，25 种为农药类；另据广东一个县级市主干道测定，在气溶胶中有 70 多种多环芳烃（PAH）且浓度很高。

水环境中的有害物质种类繁多。据南方某省对全省 25 个水源地监测，含有有机污染物 504 种；在辽河沈阳段，检出有机污染物 143 种；松花江中检出 374 种；沱江检出 175 种；珠江检出 241 种。近海海域污染也很严重。

1.2.4　生物多样性安全问题

在我国，据估计在 3 万种高等生物中有 3000 种处于濒危灭绝境地，我国政府颁布的第一批《中国珍稀濒危保护植物名录》共 389 种。我国被列入世界濒危动物"红皮书"的种数共有 123 种，列为国家保护名录中的一、二级保护动物有 277 种。我国是生物多样性比较丰富的国家。由于生态环境的破坏和对野生动植物的滥捕滥猎，加快了生物消亡的速度，因此保护我国的动植物资源迫在眉睫。

1.3　城市生态安全问题

随着科技的迅猛发展，经济全球化的推进和工业化、城市化进程的加速，世界已进入了所谓的"城市时代"。城市作为生产力空间的载体，日益成为区域经济活动的中心。这意味着人类社会无论是在经济增长还是生活空间上，都将进入以城市为主体的发展阶段。

城市的出现和发展既是人类社会进步和科学技术发展的结果，又进一步推动着经济社会的发展，但是随着城市的发展和扩张，人们享受经济社会发展成果的同时，也吞噬着城市化发展所带来的生态环境不断恶化的苦果。城市面积虽然仅占陆地面积的 20%，但是城市人口消耗了生活用水总量的 60%，能源的 75%，工业木材总使用量的 76%，城市排放出了世界污染物的 75%。城市环境质量发生着巨大的变化，城市化对未来生存环境构成严重威胁。

当前，我国正处在城市化的进程之中，城市数量和城市人口发展都很快，1989 年我国城市数 450 个，城市非农业人口 1.46 亿，占全国总人口的 13.1%，其中非农业人口 100 万～500 万的城市 28 个，超过 500 万人口的城市 2 个；2002 年底我国城市数为 660 个；城市非农业人口 2.21 亿，占全国总人口的 17.1%，其中非农业人口 100 万～500 万的城市 42 个，超过 500 万人口的城市 3 个。城市人口由自然增长为主转向机械增长为主，即乡村剩余劳动力向城市转移。

城市经济的迅速发展和城市人口的迅速增加，带来了一系列城市生态问题。大气、水体、土壤和生境严重污染和生态破坏，环境事故、生态灾难、生态灾民及自然灾害频率的不断增加，生物多样性、水源涵养能力、生态服务功能及生态系统健康水平的持续下降给人们的身心健康、城市的生态环境状况及以经济社会的可持续发展能力造成了严重威胁。城市人口过密、淡水资源短缺、园林绿地面积不足、交通拥堵、环境污染严重、经济发展不平衡是当前我国城市面临的主要生态安全问题。

根据统计资料显示，2001 年底，我国人口密度超过 1000 人/km² 的城市有 100 个。而且，城市人口分布不均衡，市区人口密度明显高于郊区。我国 200 万人口以上城市的市区平均人口密度为 17935 人/km²，20 万～50 万人口城市的市区平均人口密度为 10346 人/km²。近几年来，中国城市人口密度随着城市规模的提高而上升的趋势比较明显。

另外，中国城市缺水相当严重。我国现有 400 座城市不同程度缺水，其中 110 座城市严重缺水。沈阳就是我国北方严重缺水的城市之一，年人均占有水资源仅为 340m³，是辽宁省人均水量的 1/3，全国人均水量的 1/6。

中国城市空气污染也很严重。2005 年共有 522 个城市开展了空气质量监测，包括地级以上城市 319 个，县级城市 203 个，其中空气质量为一级的城市 22 个，占 4.2％，二级的 293 个，占 56.1％，三级的 152 个，占 29.1％；劣于三级的城市 55 个，占 10.6％。影响城市空气质量的主要污染物为颗粒物。全国开展酸雨监测的 696 个城市中，357 个城市出现酸雨，占 51.3％。

1.4　城市生态安全研究与发展

20 世纪中叶，当全球变暖、臭氧层破坏、酸雨等环境问题日益严重时，人类开始思考生态环境的安全问题。1977 年美国世界观察研究所所长莱斯特在《建设一个持续发展的社会》一书中，首次对环境安全进行了专门阐述，并在此基础上提出了国家安全的新内涵。1987 年世界环境与发展委员会在《我们共同的未来》报告中提出了全球环境安全。《俄罗斯国家安全构想》论述了自然资源枯竭与生态环境恶化对国家的威胁。

"生态安全"一词的提出是在 1989 年，国际应用系统分析研究所（IASA）提出要建立优化的全球生态安全监测系统，并指出生态安全的涵义是指在人的生活、健康、安乐、基本权利、生活保障来源、必要的资源、社会秩序和人类适应环境变化的能力等方面不受威胁的状态，包括自然生态安全、经济生态安全和社会生态安全，组成一个人工复合生态安全系统。美国著名环境学家 Norman Myers 于 1993 年指出，生态不安全是地区的资源战争和全球的生态威胁而引起的环境退化，继而波及经济和政治的不安全，并将此概念广泛宣传于学术期刊和国际会议上。Kim 认为，生态安全的定义是由生态压迫、生态威胁等概念演变而来，人类则是生态威胁来源的主要产生者。生态安全是维持人类、社会、政权和全球共同体的一个必要条件，是国家安全和公共安全的一部分。Steve Lonergan 论述了生态安全与可持续发展的关系，他指出两个概念都与人类安全相连，可持续发展为达到人类安全的目的提供了标准化的方针，而生态安全为不安全的根本原因提供了分析框架。

生态安全最初得到国际社会的认可是在 1996 年《地球公约》的《面对全球生态安全的市民条约》中，约有 100 多个国家的 200 万人签字，缔约建立在生态安全、可持续发展和生态责任的基础之上，各成员国和各团体组织互相协调利益，履行责任和义务。

国外研究主要在宏观上围绕生态安全概念及生态安全与国家安全、民族问题、军事战略、可持续发展和全球化的相互关系而展开。1998 年发表的《生态安全与联合国体系》中，各国专家和代表在联合国重大会议及著名高校，就生态安全的概念、不安全的成因、影响和发展趋势等发表了不同的看法，其中有悲观危机的观点，有中立的客观认识，也不乏乐观向上的见解，总之，生态安全作为一个热点已被越来越多的专家学者和政府机构所重视。

国内生态安全研究大致以 1999 年为界，分为两个阶段。1999 年以前，研究范围较小，成果较少。如冯耀忠分析了干线输油管道生态安全问题及其解决途径，张玉良介绍了前苏联植物保护的生态安全方法。这些研究主要局限于工程、植物保护等方面，研究领域基本还处于工程项目的生态影响范畴。

1999 年至今，国内关于生态安全的研究显著增多。2000 年 11 月，在国务院发布的《全国生态环境保护纲要》中，我国首次明确提出了"维护国家生态环境安全"的目标。"十五"计划第一次将生态建设和环境保护摆在了突出的位置。在"十五"计划中，发展的目标有两个：一个是经济发展，一个是生态建设。二者相辅相成，都是提高人民生活质量的重要内容。党的十七大更把建设生态文明作为实现全面建设小康社会的五个奋斗目标之一，明确提出"建设生态文明，基本形成节约能源资源和保护生态环境的产业结构、增长方式、消费模式"，"主要污染物排放得到控制，生态环境质量明显改善，生态文明观念在全社会牢固树立"。这既是对我国当前严峻的资源、环境形势的深刻反思，也是在新阶段落实科学发展观、建设社会主义和谐社会的新任务、新目标。

第2章 生态安全评价理论体系

2.1 生态安全的基本涵义

随着人口的增长和社会经济的发展，人类活动对环境的压力不断增大。尽管世界各国在生态环境建设上已取得不小的成就，但并未能从根本上扭转环境逆向演化的趋势。由环境退化和生态破坏及其所引发的环境灾害和生态灾难不仅没有得到减缓，反而越来越构成对区域发展、国家安全、社会进步的威胁。于是不管作为个人、聚落、住区，还是作为区域和国家的安全，都面临着来自生态环境的挑战。也就是说生态安全已成为国家安全、区域安全的重要内容。生态安全与国家安全的关系可用图2.1表示。

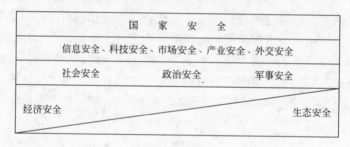

国 家 安 全
信息安全、科技安全、市场安全、产业安全、外交安全

图 2.1　生态安全与国家安全的关系

图2.1旨在表明，生态安全和经济安全是国家安全的基础，而在一定意义上生态安全是经济安全的基础，生态安全在不同程度上透过经济安全对其他国家安全因素产生作用。在国际法的范畴中，政治安全、社会安全和军事安全与国家安全三要素有着直接的对应关系，因而成为国家安全的核心内容，即政治安全是主权的对应，社会安全是居民的对应，军事安全是领土的对应，全都建立在生态安全和经济安全的基础上。其中，社会安全对生态安全的依赖程度最大，政治安全对生态安全和经济安全具有同等依赖程度。以上两个层次的范畴是固定的，缺一不可，均属立国之本。信息安全、科技安全、市场安全、产业安全、外交安全等其他国家安全因素是国家安全的第三层次。

生态安全一词的提出是近几年的事，尽管它的出现频率越来越高，其意义越来越被人们所认识。但是，生态安全的确切含义却没有科学的界定，其定义更未科学规范，不同的理解和体验依然有一定的随意性。国内关于生态安全的定义很大程度上都受到了IASA定义的影响。国务院发布的《全国生态环境保护纲要》指出，生态安全是国家安全和社会稳定的一个重要组成部分。所谓国家生态安全，是指一个国家生存和发展所需的生态环境处于不受或少受破坏和威胁的状态。

原国家环保总局生态司崔书红博士认为，同国防安全、经济安全一样，生态安全是国家安全的重要组成部分，而且是非常基础性的部分。由水、土、大气、森林、草地、海洋、生物组成的自然生态系统是人类赖以生存、发展的物质基础。当一个国家或地区所处的自然生态环境状况能够维系其经济社会可持续发展时，其生态经济系统是安全的；反之，则不安全。

曲格平从两个方面解释生态安全：一是防止生态环境的退化对经济基础构成威胁，主要指环境质量状况和自然资源的减少、退化削弱了经济可持续发展的支撑能力；二是防止环境问题引发公众的不满，特别是导致环境难民的产生。

郭中伟从生态系统的角度定义生态安全。他认为生态安全是指一个生态系统的结构是否受到破坏，其生态功能是否受到损害。生态安全的显著特征是生态系统服务功能。当一个生态系统所提供的服务的质量或数量出现异常时，则表明该系统的生态安全受到了威胁，即处于生态不安全状态。因此，生态安全包含两层含义：一是生态系统自身是否安全，即自身结构是否受到破坏；二是生态系统对于人类是否安全，即生态系统所提供的服务是否满足人类的生存需要。

肖笃宁将生态安全与保障程度相联系，把生态安全定义为人类在生产、生活和健康等方面不受生态破坏与环境污染等影响的保障程度，包括饮用水与食物安全、空气质量与绿色环境等基本要素。

邹长新认为生态安全研究应从区域入手，进而定义区域生态安全为一定时空范围内、区域内的各类生态系统（包括自然生态系统、人工生态系统和自然-人工复合生态系统）在维持自身正常结构和功能条件下，能够承受人类各种正常的社会经济活动。

总的来看，生态安全有广义和狭义两种理解和定义。广义的生态安全包括生物细胞、组织、个体、种群、群落、生态系统、生态景观、生态区、陆地海洋生态以及人类生态，只要其中的某一生态层次出现损害、退化、胁迫，都可以说是生态不安全。狭义的生态安全专指人类生态系统的安全，即以人类赖以生存的生态环境的安全为思考的主体。

笔者认为，生态安全是防止由于生态环境的退化对经济、社会以及人类自身构成威胁，主要包括三层含义：

① 环境质量状况低劣，对人类健康及生存条件构成威胁；

② 生态环境承载能力下降，对生态系统的稳定性构成威胁；

③ 自然资源的减少与退化对经济、社会的可持续发展构成威胁。

本书关于生态安全的定义是按狭义生态安全的理解来论述的。因为广义的生态安全，即自然生态（微生物、植物、动物）的生态安全，主要是传统的生态学的研究范畴；自然生态的生态危害主要通过生态恢复与重建来兑现，这也已成为普通生态学的重要内容。总之，过去从生物生态角度几乎未涉及人类自身的生态安全问题，因此，尽管过去已有生态胁迫、生态退化、生态破坏等概念，但未提出生态安全的概念。从安全科学角度来看，保护人的生命和健康是安全工作的主要目的，生态安全的概念正是在生态环境问题直接且较普遍、较大规模威胁到人类自身的生存与安全之后提出的。因此，从一定意义上说，生态安全指的就是人类生态安全。

按照这种理解，生态安全是指人类赖以生存的生态与环境，包括聚落、聚区、区域、国家乃至全球，不受生态环境条件、状态及其变化的胁迫、威胁、危害、损害乃至毁灭，能处于正常的生存和发展状态。换句话说，生态安全是人类生存环境处于健康可持续发展的状态。生态安全的对立面是生态破坏、生态压迫、生态灾难，是生态环境存在的状态或变化偏离人类生存和发展必备条件或容忍阈值，对区域、国家的发展造成障碍、威胁，甚至招致生命的损亡，对社会经济造成严重破坏，甚至崩溃等。

2.2 生态安全评价的概念与特点

基于上述对生态安全概念的系统分析，以人类生态安全为核心，对生态安全评价可作如下表述，即，生态安全评价是对人类赖以生存的社会、经济、资源、环境复合系统安全素质优劣的定量描述，它是指生态环境、自然资源或社会经济发展受到一个或多个威胁因素影响后，对系统生态安全性以及由此产生的不利的生态安全后果出现的可能性进行的评估。

按照这样的理解，我们可以进一步分析，在生态安全评价的研究领域，无论是宏观还是微观的现象，都是处于人类（社会、经济、文化）、自然资源、环境这个复杂大系统中。由于大系统的复杂性，使得反映系统生态安全本质的各种现象都表现出各自的性质。另外，生态安全评价还涉及安全科学、环境科学、生态学、地学等学科的基本理论与基本内容，与安全评价、环境评价、生态评价相互关联、相互影响。因此，生态安全评价具有复杂性、综合性、跨领域、多学科、大系统等基本特征，具体表现在以下几方面：

（1）生态安全评价是对人类生存环境或人类生态条件的安全状态的评判。或者更确切地说，是对一种必备的生态环境条件和生态环境状态的评判。生态环境既包括自然生态环境，也包括社会生态环境。也就是说，生态安全评价是在人与生态环境协调统一发展的进程中，自然生态环境系统与社会生态环境系统是否满足人类生存与发展基本条件的客观要求。

（2）生态安全评价属于系统评价。生态安全评价就是要研究确定人类、自然资源、环境复杂大系统的安全状态。因此，为保证该系统处于良好状态，必须对构成该系统的各子系统中各种因素的变化情况进行动态监测，不断收集信息，分析预测，得出评价结果，并且对于不利的生态安全后果能够及时采取措施。

（3）生态安全评价是一种相对的概念。没有绝对的安全，只有相对安全。所谓的安全，只不过是没有超过允许限度的危险。因此，生态安全的目标并不否认人类社会经济的发展，只是在人与自然和谐的基础上寻求最佳的安全程度。

（4）生态安全评价是一个动态概念。一个要素、区域或国家的生态安全不是一劳永逸的，可以随环境变化而变化，即生态因子变化，反馈给人类生活、生存和发展条件，导致安全程度的变化，甚至由安全变为不安全。

（5）生态安全评价强调以人为本。评价标准是以人类所要求的生态因子的质量来衡量的。影响生态安全的因素很多，既包括自然因素，也包括人为因素，但都是以是否能满足人类正常生存与发展的需求作为衡量标准的。

（6）生态安全评价具有一定的空间地域性质。真正影响到全球、全人类的生态灾难不是普遍的，生态安全的威胁往往具有区域性、局部性。这个地区不安全，并不意味着另一个地区也不安全。而且对于不安全的状态、区域，人类可以通过采取措施，加以减轻，解除生态环境灾难，变不安全因素为安全因素。

(7) 生态安全威胁大多来自于系统内部。也就是说，生态安全的威胁往往来自于人类的活动，人类活动引起对自身环境的破坏，导致自身生态系统对自身的威胁，解除这种威胁，人类需要付出代价，需要投入。这应计入人类开发和发展的成本。

2.3　生态安全评价的原则

在进行生态安全评价时必须坚持以下原则。

(1) 生态安全评价要以远景规划和目标为指导。区域生态安全评价应该以区域远景规划及用来描述远景规划的具体目标为指导。

(2) 生态安全评价要有全局观念。生态安全的概念把人（包括社会、经济文化）、自然资源、环境三者有机地联系在一起，所以，评价生态安全即意味着必须收集人、自然资源、环境的信息，也就是将人、自然资源、环境作为一个复合大系统来考虑。按全局的观点对人类活动进行评估时，不仅要考虑人的承受能力，而且要考虑生态环境的承受能力。因此，生态安全评价应该既包括对整个系统及其组成部分的评价，也要考虑社会、经济、资源、环境子系统及其组成部分以及相关关系的状态、发展趋势和发展速度；既要考虑人类社会的经济发展，又要考虑生态环境的承载力。

(3) 生态安全评价应坚持可持续发展的时空观念。生态安全评价应树立跨越人类和生态环境系统的时间观。人、自然资源、环境复合大系统的时间差异是把生态安全理论推向实践过程中进行决策的最大的挑战。从生态系统看，时间将长达几十年甚至几个世纪，而人类系统进行社会经济活动是建立在现有能力的基础上的。可持续发展的一个中心议题是既考虑当代人的利益，又不损害后代人的利益，既关心人类本身，又关心生态环境系统，因此要树立长期的几代人的时间观。

同样，生态安全评价也需要转变空间的观念，在某一区域人类所发生的活动也可能对另一区域的人或生态环境系统产生影响，这是由于：

① 污染物排入空中，通过空气扩散到另一地方，或者引起外层空间的状态变化，如臭氧层的破坏；

② 污染物排入大海，通过海水对其他区域产生影响；

③ 国际贸易的进行使得成本和利益在世界各地进行转移；

④ 国际援助活动，通过利益的转移使得某一地方的条件得到改善。

因此，从空间上讲，生态安全评价不仅应该包括当地，而且要包括对本地的人及生态环境系统有影响的较远的区域。

(4) 生态安全评价需要有一个聚集点。评价的时空观念在于拓宽视野，但从技术上讲，对每件事的每一个细节都进行处理是不可能的，况且，某一项决定不能等上几十年才得出结论，而必须采用概念方法来确定其界限。因为人力、资金、时间、资源极为有限，所以我们不能奢望掌握全部数据。因此，生态安全评价需要有一个聚集点。生态安全评价应该把远景规划、目标与评价标准建立在相联系的组织框架之上，用于分析的主要论点要有限，有能对生态安全提供明显信号的一组指标体系或指标组合，采用比较的计量方法，将指标值同目标、参考值、趋势进行分析比较。

（5）生态安全评价要具有开放性。为了能被广泛地接受，评价过程必须开放。为了使评价可信，评价必须要描述判断的基本原理，确定一些假设和不确定性。在进行生态安全评价时，使用的方法及数据对所有人均易理解，对所有的判断、假设必须清楚。

（6）生态安全评价应进行有效的宣传。交流是评价过程的一个中心内容，要使评价工作能接受公众的检验，其结果能影响决策，评价过程和指标设计必须做到公开化、文件化，并进行广泛的宣传。为了使这些观点能够渗透到社会的各个角落，渗入公众和决策者，评价过程要建立在有效的交流基础上，同时，一些概念的表述必须简单。

不同的社会，必然存在不同的文化差异，不同的文化层具有不同的价值观和不同的动机，需要不同的数据和信息。每一文化层在推进生态安全的过程中，又扮演不同的角色，发挥不同的作用。要使具有层次结构的指标体系能敏感地反映这些差异，需要进行有效的宣传工作。

（7）生态安全评价需要公众参与。需要强调的是在生态安全评价过程中要有广泛参与，特别是决策者的参与。没有这些人的参与，设计与实施解决问题的办法是很困难的。若没有广泛的参与，就不可能反映整个社会各种各样的、不断变化的价值观，所制定的行动路线也只能满足某些特殊利益群体的、短期的需要，而不是建立在社会各阶层的基础上，其最终结果必然会导致短期效应，这是对长期的人类和生态环境需求这个中心的背叛。公众参与的目的仅仅是增加决策的透明度，而不是对不同决策的正确与否进行评判。评价过程通过广泛参与，融合了"价值专家"的意见和"技术专家"的意见，通过"自下而上"、"自上而下"的评价过程，确保各种价值观能被体现。生态安全评价时应该吸收普通市民、专业人员、技术人员及社会团体包括青年人、妇女等主要人员的广泛参与，同时保证决策者参与，从而能使所采用的政策与取得的效果可靠、可信。

（8）生态安全评价要注重能力建设。为了能进行不断的评价，需要一定的持续的资源，因此，必须不断收集数据和信息，并进行综合交流。必须建设一套制度来支持资源库，只有资源得以保证，生态安全评价工作才能进行。保证有足够的评价能力的最好办法是采用生态安全责任制，它使评价工作制度化，并定期报告其进展情况，这类似于现有的环境影响评价和安全评价等。组建机构、转变任务和职责、建立信息管理系统、审计、报告并交流采取的策略及其他活动是必不可少的，如专业人员的发展与培训，以便为进行评价提供内部的支持。

2.4 生态安全评价理论基础

2.4.1 系统安全理论

20世纪50年代以后，科学技术进步的一个显著特征是设备、工艺和产品越来越复杂。这些复杂巨系统往往由数以千万计的元件、部件组成，元件、部件之间以非常复杂的关系相连接；在它们被研制和被利用的过程中常常涉及到高能量。系统中微小的差错就可能引起大量的能量意外释放，导致灾难性的事故。这些复杂巨系统的安全性问题受到了人们的关注。

人们在开发研制、使用和维护这些复杂巨系统的过程中，逐渐产生了作为现代事故预防理论和方法体系核心的系统安全概念。

系统安全是人们为预防复杂巨系统事故而开发、研究出来的安全理论、方法体系。所谓系统安全，是在系统寿命期间内应用系统安全工程和管理方法，辨识系统中的危险源，并采取控制措施使其危险性最小，从而使系统在规定的性能、时间和成本范围内达到最佳的安全程度。

系统安全理论认为，可能意外释放的能量是事故发生的根本原因，而对能量控制的失效是事故发生的直接原因。这涉及能量控制措施的可靠性问题。在系统安全研究中，不可靠被认为是不安全的原因；可靠性工程是系统安全工程的基础之一。研究可靠性时，涉及物的因素时，使用故障或失效这一术语；涉及人的因素时，使用人失误这一术语。这些术语的含义较以往的人的不安全行为、物的不安全状态深刻得多。

安全评价是以实现系统安全为目的，应用系统安全工程的原理和方法，对系统中存在的危险因素、有害因素进行辨识与分析，判断系统发生事故和职业危害的可能性及其严重程度，从而为制定防范措施和管理决策提供科学依据。

危险源是导致事故的潜在的不安全因素。危险性是指某种危险源导致事故、造成人员伤亡或财产损失的可能性。系统中往往有许多危险源，系统安全评价是对系统中危险源危险性的综合评价。具体地说，安全评价是指以实现系统的安全为目的，按照科学的程序和方法，对系统中的危险因素和可能发生的事故类型进行系统辨识，对各种事件发生的概率进行估计，对事故造成的人员伤亡和财产损失进行分析和计算，据此判断系统的整体安全性能否接受。如果不能接受，则提出能有效降低危险性的预防措施。

系统安全评价的根本任务是探求系统安全运行的规律和结果，以便于发现危险源，并通过采取控制措施，降低危险源的危险性，从而保证系统安全、高效地运行。

生态安全评价就是研究人、社会、经济、资源、环境等因素构成的复合大系统的危险性，其危险源主要是人类社会在人口增长、粮食生产、工业发展过程中对资源的过度消耗和对环境的严重污染。生态安全评价的目的就是建立人类长期生存与发展，地球生态环境资源持续可利用，自然、社会、经济和谐发展的可持续发展目标体系。

2.4.2　生态承载机制

2.4.2.1　生态承载力

人类要持续生存与发展，首先必须有持续的资源供给；其次要有足够的环境容量容纳人类排放的废弃物；同时生态系统本身的稳定性也很关键。资源系统和环境系统是自然生态系统的组成部分，如果系统整体性遭到破坏，则单独谈要素承载力是无意义的。生态承载力可以定义为生态系统的自我维持、自我调节能力以及资源与环境系统的供容能力，这种能力显示是用社会经济活动强度和具有一定生活水平的人口来衡量的，表现为可支撑的经济规模与人口数量。生态承载力可以分为三部分，一是资源承载力，它是生态承载力的基础；二是环境承载力，也称环境容量，它是生态承载力的约束条件；三是生态系统弹性力，即生态系统抗干扰能力，它是生态承载力的支持条件。这种定义比较全面地概括了生态承载力的含义。还可以将资源承载力与环境承载力合称为生态承载容量、生态弹性力（从生态格局安全的角度理解）。

生态安全是一个特定区域的资源、环境和生态状态，一个生态系统的破坏可以看成是一种质变，是由量变的持续积累而诱发的。量变包括单纯的数量增加或减少，也包括空间组合的调整。承载对象的作用力可能是一种单纯的负荷数量增加（比如经济规模或人口数量的增加）或减少；也可能是改动了系统的结构组合，在人口与经济规模不变的条件下，人类对生态格局的作用方式改变，也会引起生态系统的演变。生态承载容量改变属于单纯量变范畴，生态格局改变属于结构重组型量变，是引起质变的两种量变方式。

2.4.2.2　生态承载力与生态安全的关系

生态承载力与生态安全的关系，可用图 2.2 表示。

可以将生态承压度表示如下：

$$BPS = \frac{BP}{BS} \qquad (2.1)$$

式中，BPS 为生态承压度；BS 为承载介质的承载能力；BP 为承载对象的压力。

当 BPS<1，说明生态安全，对应于低载状态；当 BPS=1，说明生态安全处于临界状态，对应于平衡状态；当 BPS>1，说明生态已经不安全，对应于超载状态。

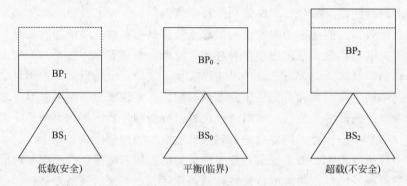

图 2.2　生态承载力与生态安全关系示意图

生态承载力是客观存在的，对于特定时期与区域具有相对稳定性，其大小在较大程度上依赖于生态系统的种类、规模、结构、系统的多样性和系统内部结构要素的多样性以及气候地理条件等多种因素及其组合。图 2.2 中生态系统承载力在三种状态下是不同的，随着承载对象的压力改变，生态系统本身具有抗干扰和恢复平衡的能力，生态系统承载能力会自动调整改变。生态承载力应当是从低载状态到超载状态依次加大。

在不同时期人类的社会经济发展方式及速度不同，施加给区域生态系统的压力不同，生态系统的支撑能力也随之改变，但它是有限度的。对生态系统的不同的作用方式及大小，生态系统的支撑能力极限是不同的。生态安全评价研究的意义在于通过所评价系统发展过程中生态承载力的变化程度，为制定调控发展策略提供依据。所以式（2.1）可以定性地解释生态安全的含义，若要对生态安全量化，仍需要进一步研究生态系统的承载机制与社会经济压力的影响。

2.4.2.3　生态系统的持续承载机制

生态系统的持续承载是生态安全的充分必要条件。其持续承载需要保证两方面：一是需要在发展中兼顾生态系统的资源承载力、环境承载力与生态系统弹性力的协同作用。生态承载能力具有系统整体效应，三者中的任何一个发生变化，都不可避免地导致其他两个也发生变化，最终影响生态承载能力的强弱，也影响生态安全。比如过去盲目追求土地资源承载能力，围湖造田与开垦荒地，忽视生态格局的安全性；或者过量使用化肥及农药，忽视环境容量，最终导致了系统整体承载力下降。二是需要依靠科学技术力量，多开辟新能源、实现清洁生产以及科学地规划景观生态。资源的持续承载机制依靠提高可再生资源的使用比例，但可再生资源的持续性并非无限，必须提高其使用效率及加强各种资源之间的相互调节利用。环境系统对污染具有自我净化机制，在一定限度内，环境对污染物的承载是可持续的。环境对污染物的净化能力是随着条件变化的，可以设法通过改善外部条件，提高环境的自净能力。

2.4.3　生态系统服务

人类所有的，包括政治、经济和军事在内的活动都必须依托于所栖息的生态环境。生态系统为人类提供了必不可少的生命维护系统，提供了从事各种活动所必需的最基本的物质资源。这就是我们所需要的生态系统服务（ecosystem service）。生态产品和服务是我们理解生物多样性、气候、土地转化、平流层臭氧、水、氮等变化对人类中长期影响的关键环节，人类社会及其繁荣依赖多样性和起调节作用的生态系统。另一方面，很多环境变化给人类带来严重后果，如气候变化、紫外线增加、饮用水不足等。不少本来极其严重的后果却因为生态系统的调节作用而被弱化。人类及其经济社会系统密切地依赖着这个目前正发生迅速变化的生态系统。

生态经济学家 R. Costanza 在"世界生态系统服务的价值和自然资本"一文中，列举了空气调节、气候调节、干扰调节、水调节、水土流失控制和沉淀物减少、土壤形成、养分循环、废弃物处理、花粉传播、生物控制、避难所、食物产出、原材料、基因库、娱乐、文化等 17 种生态系统服务。这些生态系统服务与人们的生活密切相关，人们时时都从中获得各种利益，而这些还只是生态系统所提供的服务的一部分。由于生态系统服务的实现并不需要为享用这些服务去付钱，因而使得人们忽视甚至根本没有意识到生态系统服务的存在，生态系统的确是在"默默地奉献"。根据 Costanza 的估计，全球生态系统服务所产生的价值最少平均每年为 33 万亿美元。生态系统提供这些服务依赖于自身的功能，而这些功能又取决于生态系统的结构。

生态系统服务功能主要体现在以下几方面。

① 有机质的生产与生态系统产品。生态系统通过第一性生产与次级生产合成与创造了人类生存所需的有机质及其产品。据统计，每年各类生态系统为人类提供粮食 $18 \times 10^8 t$，肉类约 $6.0 \times 10^8 t$，同时海洋还提供鱼约 $1.0 \times 10^8 t$。生态系统还为人类提供了木材、纤维、橡胶、医药资源，以及其他工业原料。生态系统还是重要的能源来源，据估计，全世界每年约有 15% 的能源取自于生态系统，在发展中国家更是高达 40%。

② 生物多样性的产生与维持。生物多样性是指从分子到景观各种层次生命形态的集合。生态系统不仅为各类生物物种提供繁衍生息的场所，而且还为生物进化及生物多样性的产生与形成提供了条件。同时，生态系统通过生物群落整体，创造了适宜于生物生存的环境。物种不同的种群对气候因子的扰动与化学环境的变化具有不同的抵抗能力，多种多样的生态系统为不同种群的生存提供了场所，从而可以避免某一环境因子的变动而导致物种的绝灭，并保存了丰富的遗传基因信息。

生态系统在为维持与保存生物多样性的同时，还为农作物品种的改良提供了基因库。据研究，人类已知约有 80000 种植物可以食用，而人类历史上仅利用了 7000 种植物，只有 150 种粮食植物被人类广泛种植与利用，其中 82 种作物提供了人类 90％的食物。那些尚未被人类驯化的物种，都由生态系统所维持，它们既是人类潜在食物的来源，还是农作物品种改良与新的抗逆品种的基因来源。生态系统还是现代医药的最初来源，最新研究表明，在美国用途最广泛的 150 种医药中，118 种来源于自然，其中 74％来源于植物，18％来源于真菌，5％来源于细菌，3％来源于脊椎动物。在全球，约有 80％的人口依赖于传统医药，而传统医药的 85％是与野生动植物有关的。

③ 调节气候。从人类诞生以来，地球气候变化比较剧烈，在 2 万年前的冰期，地球上大多数陆地仍覆盖着厚厚的冰盖。尽管近 1 万年来，全球气候比较稳定，但其周期性的变化，仍极大地影响了人类活动与人口分布，甚至在 1550～1850 年间，欧洲发生了所谓的小冰期，气温明显降低。

气候对地球上生命进化与生物的分布起着主要的作用，尽管普遍认为地球气候的变化主要是受太阳黑子及地球自转轨道变化影响，但生物本身在全球气候的调节中也起着重要的作用。例如，生态系统通过固定大气中的 CO_2 而减缓地球的温室效应。生态系统还对区域性的气候具有直接的调节作用，植物通过发达的根系从地下吸收水分，再通过叶片蒸腾，将水分返回大气，大面积的森林蒸腾，可以导致雷雨，从而减少了该区域水分的损失，而且还降低气温。

④ 减轻洪涝与干旱灾害。每年，地球上总降水量约 $1.19×10^{13}\,m^3$，大多数雨水首先由土壤吸收，然后再由植物利用，或转入地下水。但如果没有生态系统的作用，雨水直接降到裸露的地面，不仅大大减少土壤对水分的吸收量，使地面径流增加，还将导致土壤与营养物的流失。在非洲，大范围的干旱可能也与大规模的森林砍伐有关。

水土流失的发生不仅使土壤生产力下降，降低雨水的可利用性，还造成下游可利用水资源量减少，水质下降，河道、水库淤积，降低发电能力，增加洪涝灾害发生的可能性。在全球，仅由水土流失导致水库淤积所造成的经济损失约 60 亿美元。湿地调蓄洪水的作用已为人们所熟知，泛洪区的森林不仅能减缓洪水速度，还能加速泥沙的沉积，减少泥沙进入河道、湖泊与海洋。

⑤ 土壤的生态服务功能。土壤是一个国家财富的重要组分，但这份通过成千上万年积累形成的财富，几年的时间就可以流失殆尽。在世界历史上，肥沃的土壤养育了早期的文明，同时有些古代文明也因土壤生产力的丧失而衰落。在今天，世界约有 20％的土地由于人类活动的影响而退化。除在水分循环中的作用外，土壤的生态服务功能至少可以归纳为 5 个方面：第一，为植物的生长发育提供场所，植物种子在土壤中发芽、扎根、生长、开花结果，在土壤的支撑下，完成其生命周期。第二，为植物保存并提供养分，土壤中带负电荷的微粒可吸附一些营养物质，以供植物吸收。如果没有土壤微粒，营养物将会很快淋失。同时，土壤还是人工施肥的缓冲介质，将营养物吸附在土壤中，在植物需要时释放。第三，土壤在有机质的还原中起着关键作用。同时，在还原过程中，还将许多人类潜在的病原物无害化。第四，由有机质还原形成简单无机物最终作为营养物返回植物，有机质的降解与营养物的循环是同一过程的两个方面。土壤肥力，即土壤为植物提供营养物的能力，很大程度上取决于土壤中的细菌、真菌、藻类、原生动物、线虫、蚯蚓等各种生物的活性。细菌可以从大气中摄取氮，并将其转换成植物可以利用的化学形态。第五，土壤在 N、C、S 等大量营养元素的循环中起着关键作用。

⑥ 传粉与种子的扩散。大多数显花植物需要动物传粉才得以繁衍。据研究，在全世界已记载的 24 万种显花植物中，有 22 万种需要动物传粉。如果没有动物的传粉，不仅会导致农作物大幅度减产，还会导致一些物种的绝灭。目前，已发现传粉动物约 10 万种，包括鸟、蝙蝠与昆虫。动物在为植物传粉的同时，也取得自身生长发育繁殖所需要的食物与营养。动物还是植物扩散的主要载体之一。

⑦ 有害生物的控制。与人类争夺食物、木材、棉花及其他农林产品的生物，统称为有害生物，据估计每年有 25% 以上的农产品被这些有害生物消耗。同时，还有成千上万种杂草直接与农作物争夺水、光和土壤营养。据估计，农作物 99% 的潜在有害生物能得到自然天敌的有效控制，从而给人类带来巨大的经济效益。由于化学农药的大量使用，对农药产生抗性的害虫越来越多，农药使用剂量也在不断提高。农药的大量使用，不仅严重地污染了环境，对人类健康也造成潜在威胁，而且还减少了害虫的自然控制能力，加剧了次要害虫的爆发。

⑧ 环境净化。陆地生态系统的生物净化作用包括植物对大气污染的净化作用和土壤植物系统对土壤污染的净化作用。植物净化大气主要是通过叶片的作用实现的。绿色植物净化大气的作用主要有两个方面，一是吸收 CO_2，放出 O_2 等，维持大气环境化学组成的平衡；二是在植物抗性范围内能通过吸收而减少空气中硫化物、氮化物、卤素等有害物质的含量。树木对烟灰、粉尘有明显的阻挡、过滤和吸附作用。树木的减尘滞尘作用可以使空气得到某种程度上的净化，树木因为形体高大，枝叶茂盛，具有降低风速的作用，可使大粒灰尘因风速减小而沉降于地面，叶表面因为粗糙不平、多绒毛、有油脂和黏性物质，又能吸附、滞留黏着一部分粉尘，从而使含尘量相对减少。

2.4.4　生态系统健康

"健康"不仅适用于人类，而且也已应用于其他生命形式，包括动物、植物乃至人类社会制度和社会结构。虽然生态系统不是有机体，但却是包含生命的超有机体的复杂组织，生态系统的一些特征，如波动和衰退，都可认为是生态系统健康与否的症状，因此，"健康"的概念也可用于各种生态系统。

健康的生态系统不仅在生态学意义上是健康的，而且有利于社会经济的发展，并能维持健康的人类群体。但目前几乎所有学者给出的定义都只局限于生物物理学范畴，而不涉及社会经济与人类健康。例如，Costanza 曾给出一个普遍认同的定义：健康的生态系统是稳定而且可持续发展的，也就是说，健康的生态系统应能够维持自身的组织结构长期稳定，并具有自我运作能力，同时对外界压力有一定的承受弹性。

一般来说，健康的生态系统应该具有以下特征：①不存在失调症状；②具有良好的恢复能力和自我维持能力；③对邻近的其他生态系统没有危害；④对社会经济的发展和人类的健康有支持推动作用。

生态系统健康包括活力、恢复力、组织、生态系统服务功能的维持、管理选择、外部输入减少、对邻近系统的影响及人类健康影响等 8 个方面。它们分属于生物物理范畴、社会经济范畴、人类健康范畴以及一定的时间、空间范畴。其中最重要的是前 3 个方面。

活力（Vigor）：即生态系统的能量输入和营养循环容量，具体指标为生态系统的初级生产力和物质循环。在一定范围内生态系统的能量输入越多，物质循环越快，活力就越高。但这并不意味着能量输入高和物质循环快生态系统就更健康，尤其是对于水生生态系统来说，高输入可导致富营养化效应。

恢复力（Resilience）：即胁迫消失时，系统克服压力及反弹恢复的容量。具体指标为自然干扰的恢复速率和生态系统对自然干扰的抵抗力。一般认为，受胁迫生态系统比不受胁迫生态系统的恢复力更小。

组织（Organization）：即系统的复杂性，这一特征会随生态系统的次生演替而发生变化和作用。具体指标为生态系统中 r-对策种与 k-对策种的比率，短命种与长命种的比率，外来种与乡土种的比率，共生程度，乡土种的消亡等。一般认为，生态系统的组织越复杂就越健康。

生态系统服务功能的维持（Maintenance of ecosystem services）：这是人类评价生态系统健康的一条重要标准。一般是对人类有益的方面，如消解有毒化学物质、净化水、减少水土流失等，不健康的生态系统的上述服务功能的质和量均会减少。

管理选择（Management of options）：健康生态系统可用于收获可更新资源、旅游、保护水源等各种用途和管理，退化的或不健康的生态系统不再具有多种用途和管理选择，而仅能发挥某一方面功能。

外部输入减少（Reduced subsides）：所有被管理的生态系统依赖于外部输入。健康的生态系统对外部输入（如肥料、农药等）会大量减少。

对邻近系统的破坏（Damage to neighboring system）：健康的生态系统在运行过程中对邻近系统的破坏为零，而不健康的系统会对相连的系统产生破坏作用，如污染的河流会对用其灌溉的农田产生巨大的破坏作用。

对人类健康的影响（Human health effects）：生态系统的变化可通过多种途径影响人类健康，人类的健康本身可作为生态系统健康的反映。与人类相关又对人类影响小或没有影响的生态系统为健康的生态系统。

从根本上说，生态系统与生态环境系统是一个事物的两个方面：生态系统，是在一定区域空间范围内由生物群落与其非生物环境及其再生要素之间不断进行的物质循环、能量流动、信息传递等，具有结构、过程、功能的系统整体。它具有诸如草地生态系统、森林生态系统、农田生态系统等不同的类型；具有从局部区域生态系统到全球生物圈的不同区域空间尺度层次。人们一般着重从系统结构、过程、功能方面去认知、理解和研究生态系统环境。生态环境系统是以人类社会为中心的，支撑人类社会经济可持续发展的，由一定区域范围内生物、土壤、水体、空气、地质、地貌等生态环境要素组成的整体环境综合系统。应主要从系统所呈现的状态和系统为人类所提供的服务功能及其变化趋势等方面去认知、理解和研究生态环境系统。

生态安全就是指为人们提供生态服务的生态系统的健康和完整情况。这里所说的生态系统包括自然生态系统、人工生态系统和自然-人工复合生态系统。从范围大小也可分成全球生态系统、区域生态系统和微观生态系统等若干层次。从生态学观点出发，一个安全的生态系统在一定的时间、空间尺度内能够维持它的组织结构，也能够维持对胁迫的恢复能力。它取决于人类的社会经济发展需求和生态环境利益的有机协调，也就是说，它不仅能够满足人类发展对资源环境的需求，而且在生态意义上也是健康的。其本质是要求自然资源在人口、社会经济和环境三个约束条件下稳定、协调、有序和永续利用。保证系统生态安全必须在查明区域人口、资源、环境与发展之间的内在运行机制的基础上，通过社会经济目标和生态环境的整合，提出与区域人口总量、经济发展水平、资源承载力和环境容量相适应的资源和经济开发方案。生态环境系统的服务功能恰恰反映了它与人类活动和社会需要的这种密切关系。一方面生态环境系统的服务功能能够满足人类需求；另一方面，由于人类需要的改变，人类对生态环境系统的服务功能也会进行适当的调整。因此，生态环境系统的服务功能反映了生态环境系统的安全程度，人类对生态环境系统的影响，以及生态环境系统管理的优劣程度。从这个角度理解生态环境系统安全的核心就是通过维护与保护生态环境系统服务功能来保护人类需求，评价区域生态环境系统安全就是要评价生态环境系统服务功能对人类需要的满足程度，或者说为满足人类需求生态环境系统服务功能的实现情况。

2.4.5　可持续发展理论

1987 年，由布伦特兰夫人领导的联合国环境与发展委员会发表其研究报告——《我们共同的未来》，该报告郑重地宣告了世界环境与发展委员会的总观点："从一个地球到一个世界"。地球是人类赖以生存的家园，当今世界面临着共同的问题，世界各国必须迎接共同的挑战，承担共同的任务，采取共同的行动，即"对未来的希望取决于现在就开始管理环境资源，以保证持续的人类进步和人类生存的决定性的政治行动"，并向全人类严肃地发出警告：现在是采取保证使今世和后代得以持续生存的行动的时候了，我们没有提出一些行动的蓝图，而是提出一条道路，根据这条道路，人们可以扩大合作的领域，这条道路就是可持续发展的道路——既满足当代人的需要，又不对后代人满足其需要的能力构成危害的发展。

1992 年联合国环境与发展大会之后，可持续发展已作为一种关键的概念被全世界所接受。可持续发展战略是在对传统发展模式反思与挑战中产生的，传统的依靠资源，特别是不可再生资源的高消耗，支撑经济高速增长的发展模式造成了全球性环境问题，对人类的生存和发展构成了威胁，是不可持续的。而可持续发展同传统发展模式的差别关键在于承担了对未来发展的义务。这一全新的发展观，使人们的生产、生活方式及观念发生了深刻的变革。

在生态安全系统中，要实现生态安全的目标，必须保持人类生态系统的可持续性。离开了生态系统持续地提供人类生存发展所需的最基本的生态条件、环境条件和资源，生态安全就无从谈起。人类生存发展所需要的资源包括两类，一类是可更新的资源和能源，如太阳能、生物物质等，这类资源只要保持其可更新能力，就是可持续的；另一类是不可更新的资源，如石油、矿产以及各种稀缺和濒临灭绝的物种，它们是不可持续的。因此在整个人类的发展进程中，必须对发展速度和规模有一定的控制，必须保持在生态系统的可更新和可承载的范围内发展，这就是生态安全的临界值。

第3章　生态安全评价系统

评价是主体对客体属性与主体需要之间价值关系的反映活动。主体自身的需要是主体对客体进行评价的出发点，而主体的需要是多方面、多层次的。评价的产生与主体自身的结构、规定以及主体周围世界有着非常密切的联系。主体选择评价标准与手段的实质，就是在选择与主体某种需要相联系的价值关系作为评价活动的反映对象。由于价值对象往往涉及的因素较多，复杂程度也较高，若要评价按照严格、精确的方法进行还有不少困难，主要依赖于定性与定量相结合、客观统计资料与主观描述资料并重的手段。

一般来说，任何评价都涉及以下四要素。①主体，包括偏好结构、价值体系、知识水平、个人经历等；②方案集（评价客体），待评价对象的集合，集中方案的多少，人们对系统及周围环境的认识水平高低；③指标集，由目标、准则和指标组成，反映评价的内容与范围，其科学性如何对评价结果影响极大；④信息转换模式，对获取的评价信息进行处理，并进行设定与比较等。

生态安全评价系统由相互依存、相互作用的评价主体、评价对象、评价目的、评价标准和评价方法等五个要素构成。

3.1　评价主体

评价主体是指负责实施生态安全评价工作的组织或个人。评价主体的综合素质，即其价值取向、知识水平、环境意识、责任心以及工作态度等直接关系到生态安全评价工作的质量，甚至关系到评价工作的成败。由于生态安全评价工作现处于研究探索阶段，加之生态安全评价的复杂性，决定其评价主体的多元化与多样性。可能的评价主体主要包括国际组织、行政机构、司法机构、研究机构及公众等。

3.1.1　国际组织

生态安全具有全球性与战略性。过去认为人类活动及其影响一直被局限在一个国家、一个地区、一个部门甚至一个企业的范围之内，现在这些陈庸的观念和过时的概念已经土崩瓦解了。生态安全是一个超越国家、超越地理单元、超越民族的无国别差异、无民族差异的概念。因此，在生态安全评价的实践中，必须积极寻求国际合作，各种国际组织理所当然成为生态安全评价的主体。

2001年3月，英国外交部和国际发展部召开了"环境安全与冲突预防"国际研讨会，建议将联合国环境规划署提升为"环境安全理事会"，并创设类似于世界贸易组织的"世界环境组织"。该组织一旦成立，将成为全球最大的有关环境安全与生态安全的国际组织，有关生态安全评价的国际合作必然成为其主要职责之一。

3.1.2　行政机构

对于一个国家或者区域范围来讲，行政机构作为生态安全评价主体必然处于关键位置。一方面，国土、环保、水利、地矿、林业、海洋等相关行政部门承担着保护国家生态安全的相应职能；另一方面，行政机构一般能够较容易获取与区域生态安全相关的第一手资料，所提的建议也容易被相关部门采纳。我国某些行政机构，已经在土地资源可持续利用生态安全评价方面进行了一些探索，但是我国目前还没有管理生态安全的专门行政机构。在此方面，俄罗斯的行政机构设置对我国有一定的借鉴意义。俄自然资源部自然资源利用和生态安全监督总局是与国家水利总局、国家地矿总局、国家林业总局、国家自然环境保护总局等平行的具有同等地位的俄自然资源部所属机构，承担着自然资源利用与生态安全的评价、执法、监督等职能。

3.1.3　司法机构

生态安全建设作为一个复杂的系统工程，蕴含着人口、环境、资源和经济发展之间的协调，虽已列入我国新世纪的重要战略，但在法律中还未能体现它的重要性，因而需要进一步完善我国生态安全保护法律体系。法律体系建设包括立法、执法和法律监督等方面内容。到目前为止，我国的生态安全建设法制体系的框架已基本建立起来，已先后颁布了环境法 6 部，资源法 9 部，国务院的行政法规 29 件，国家环境保护部的规章（条例）70 多件，国家环境标准 375 项，地方性法律 900 多件。这些法律、法规、条例、标准的颁布和实施，已初步形成了以《宪法》有关规定为指导思想，以《环境保护法》为基本法律文件和许多专业性法规相结合的较为独立的生态安全立法体系。因此，我国目前生态安全的立法建设已初具规模，如果司法机构能介入生态安全评价工作，成为生态安全评价的主体，必将对执法和法律监督建设具有深远意义，并且能够适应民主化潮流。

3.1.4　研究机构

研究机构集中了大批专家和专业技术人员，并能提供生态安全评价工作所需的专业技术知识。一般来讲，研究机构评价主体能够不带偏见、较客观地进行生态安全评价，再加上其所拥有的专业技术知识，使其在生态安全评价工作中优势明显。我国当前所进行的生态安全评价工作探索也主要是由各专业研究机构承担的。

3.1.5　公众

与其他评价主体不同，公众的最大特点是自发性和无组织性。具体表现为所关注对象的随意性、评价形式的多样性和评价标准的主观性。但由于这类评价主体大都是生态安全的直接承受者，所以感受比较真实，评价具有借鉴意义。

3.2　评价对象

评价对象是生态安全评价系统的评价客体。目前对于生态安全评价对象不同的学科有不同的关注点。

从生态学角度看，生态安全评价的研究对象包括个体、种群、群落、生态系统、区域、景观等不同尺度与等级，更关心生态系统的功能性与稳定性。生态系统健康与生态服务功能是其主要指标。传统生态学对评价对象的认定是从广义生态安全概念角度出发的，以生态的生态安全评价为核心，很少涉及人的因素。

从环境学角度看，生态安全评价研究的是人类与生态环境的相互作用与相互关系，更重视环境安全，也就是人类活动（包括建设项目、区域开发计划、国家政策等）给生态环境带来环境安全问题以及环境安全问题对人类的反作用。

从安全科学角度来看，保护人们的生命和健康以及人类社会的可持续发展是安全工作的主要目的，生态安全的概念正是在生态环境问题直接且较普遍、较大规模威胁到人类自身的生存与安全之后提出的。从一定意义上讲，生态安全是指人类生态安全。因此，生态安全评价的对象是人类及其生态环境构成的人类生态系统，即由经济、社会、资源、环境构成的复合生态系统，它的核心因子是人。按研究的范围不同，可将生态安全评价分为三个层次，即全球生态安全评价、国家生态安全评价和区域生态安全评价。生态安全评价工作要强调以人为本，安全与否的标准是以人类生存所要求的生态因子的质量来衡量的。

3.3 评价目的

生态安全评价的目的是为了评价人类生态系统危险的可能性及其后果的严重程度，以寻求最优的系统安全状态，维护人类生态系统的服务功能和可持续性。生态安全评价要达到的目的主要包括影响预测、状态分析、预警规划、决策实施等几部分。通过对所评价系统潜在危险性的定性、定量影响预测，建立使系统安全的最优方案，包括生态系统的完整性和稳定性，生态系统健康与生态服务功能的可持续性等。

对于任何一种评价，诸如环境影响评价、安全卫生评价等，完善的立法和导则是评价得以有效实施的保障，但对于生态安全评价，由于多方面的原因，目前还没有一个国家建立起独立的立法和导则体系。当前，多元化的评价主体应从不同角度，根据所评价区域生态安全的现状及发展趋势向有关决策部门提供相关的生态安全信息，进而促进生态安全评价工作的规范化与法制化。

进行生态安全评价的最终目的，就是要建立一个合理的生态安全体系，以保障人类生态系统的安全。生态安全体系就是一个国家或地区为确保区域生态环境系统不受或少受破坏和危险，遏制和减少重大和恶性生态环境事件的发生，促进社会经济持续、健康发展，在组织、法律、政策、规划、财政和技术等各方面采取相应措施而建立的一整套保障体系。随着生态环境问题日益受到重视，各个国家或地区纷纷从战略的高度重视生态安全问题，并将建立区域生态安全体系提到议事日程。生态安全体系的基本框架如图 3.1 所示。

3.4 评价标准

任何评价均需一个参考标准，用于确定一些变化是否会发生或判断这种变化是好是坏。尽管有时评价不需要知道确切的目标值，但是评价的基本条件是能确定所希望的变化趋势，比如，清洁水的供应越来越充足、空气质量得到改善、更少的有毒物质排入环境、贫困或饥饿的人越来越少、婴幼儿死亡率越来越低等。所有这些信息反映系统目前的状况

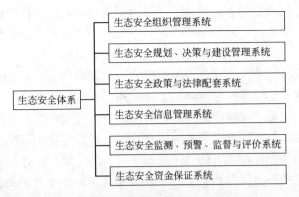

图 3.1　生态安全体系的基本框架

是朝向生态安全的方向发展还是背离生态安全的发展方向；若朝向生态安全方向发展的趋势能长期保持下去，表明人类的生态安全水平等将得到改善。系统生态安全性指标的目标值是生态安全评价的标准。如果没有评价系统危险性的标准，定性和定量评价将失去意义，它将使评价者无法判定被评价系统的生态安全性是否符合要求以及改善到什么程度才算合理。

3.4.1　生态安全评价标准的基本要求

作为生态安全评价标准，要满足以下几点基本要求：

① 目的性。能反映生态安全质量的优劣，特别是能够衡量生态环境功能的变化。所选的评价标准既能反映生态安全评价的预测内容，又能反映生态安全目标的实现程度。

② 层次性。所选的评价标准应能充分反映生态安全所涉及的层次差异。

③ 可操作性。度量指标所需数据容易获取及表述，尽可能定量化。

④ 充分性。所选的评价标准能充分反映生态安全及环境受影响的范围和程度。

⑤ 可持续性。评价标准要符合可持续发展思想的本质，避免陷入"一切从当代人利益出发"的误区。

3.4.2　生态安全评价标准来源

目前，生态安全评价虽然还没有专项标准，我们考虑可以从以下几方面选择。

（1）国家、行业与国际的标准　国家标准包括环境空气质量标准、地面水环境质量标准、海水水质标准、农田灌溉水标准、渔业水质标准、农药安全使用标准、粮食卫生标准以及城市区域环境噪声标准等。行业标准包括各行业发布的环境安全评价规范、规定与计划。国际标准包括世界卫生组织饮用水水质标准、欧洲共同体饮用水水质标准、欧洲共同体饮用水源地地面水标准、美国饮用水中有毒化学物质含量标准以及关于物种多样性的濒危及极度濒危的量化与保护种的名称等。

（2）背景值或本底值　可以用待评价区域生态环境的背景值或本底值作为评价标准，如区域的植被覆盖率、区域水土流失本底值等，也可以选择待评价区域生态破坏或环境受损前的生物、环境与生态系统背景值作为评价标准，如植被覆盖率、生物量、生物种丰度和生物多样性等。

（3）类比标准　以未受人类严重干扰的生态安全性高的相似生态系统作为类比标准，这类标准需要根据评价内容和要求科学地选择。

（4）科学研究中已判定的生态效应　通过当地或相似条件下科学研究已判定的保障生态安全的指标，如人口密度、绿化率要求、污染物在生物体内的最高允许量、特别敏感生物的环境质量要求等，亦可作为生态安全评价中的参考标准。

生态安全的评价由于涉及不同的对象与层次，因此在评价标准的选择上也有所不同。在评价标准选择上通常要设置一定的判别基准与理想状态作为指标值，以是否达到标准要求作为安全可行与否的基本度量。例如在进行生态与环境安全影响评价时，就需要有一定的判别基准。而对生态与环境安全影响的因素众多，其影响变化不仅包括内在本质上（生态结构）的变化，而且含有外在表征（环境、生物）的变化，既有数量变化问题，也有质量变化问题，并且存在着由量变到质变的发展变化规律，因而评价的标准体系不仅复杂，而且因地而异。

3.4.3　指标标准值的选取原则

生态安全及生态环境的功能是多种多样的，一般不可能对所有的功能变化都做出定量评价，因而一般应根据主要功能的分析和筛选，有选择地进行评价，主要的功能与状态要依据区域环境特点、敏感环境、社会经济可持续发展对生态安全及功能的要求、主要限制因子和主要存在的生态问题进行筛选，各评价指标标准值的选取要满足以下三点原则。

① 可计量性。量化反映人类生态系统及其子系统的安全结构和运行特征或是其功能特征。

② 先进性与应用性。特别是能满足区域的可持续发展对生态安全的要求，例如选取区域环境绿化率作指标时，应考虑未来的环境功能需求，在生态脆弱带地区，指标值应高于背景值。在应用性上，在生态安全评价中，所有能反映生态系统功能和表征生态因子状态的标准及其指标值，可以直接用作判别基准；而大量反映生态系统结构和运行状态的指标，尚需按照功能与结构对应性原理，根据生态安全要求的具体性状，借助一些相关关系经适当计算而转化为反映生态功能的指标后，方可用作判别基准。例如，植被覆盖可直接用于生态环境的优劣评判，亦可用来计算水土保持功能。因此在生态安全的综合评价中，常常需要选取一组指标进行量化比较，以评价生态安全现状或变化趋势的好坏。

③ 地域性。生态系统的地域性特征使得生态安全评价不宜采取单一的标准和指标值，而应该根据地域特点科学地选取，例如山区的植被覆盖率应高于平原，才能有效地防止水土流失。

3.5　评价方法

根据其量化程度，生态安全评价系统中的评价方法可分为定性评价方法和定量评价方法。生态安全评价的定性研究，可用具有少量定量信息的效应影响做出评价，为决策过程的调查研究获取多层次的信息资料。通常建立优先权时，无论是筛选过程或是排序过程都可以利用定性评价方法。生态安全的定量评价方法主要有综合评价法和生态模型法两种。对于系统综合评价，综合指数法、模糊综合评价法、层次分析法等均有较为广泛的应用，但对于生态安全综合评价，目前应用较多的是综合指数法，通过建立生态安全指数或生态不安全指数进行综合评价；应用于生态安全评价的生态模型法主要有生态安全承载力评价法和生态足迹分析法。

3.5.1 综合指数评价法

该方法便于横向与纵向的对比分析，运用综合指数应注意两个方面：

① 考虑多个影响因子之间的协同效应，即多个影响因子同时存在将会加重影响程度；

② 各影响因子对综合指数的贡献相等，即各影响因子在相同危害及安全程度下的指数相等。

指数法简明扼要，且符合人们所熟悉的环境污染及环境影响评价思路，其困难之处在于如何明确建立表征生态环境质量的标准体系，而且难以赋权与准确计量。

具体评价程序为：

① 分析研究评价的生态安全因子的程度与变化规律；

② 建立表征各生态安全因子特性的指标体系；

③ 确定评价标准；

④ 建立评价函数曲线，将评价因子的现状值转换为统一的无量纲的生态安全与质量指标，用 1～0 表示（1 表示生态安全度最高，0 表示最差），确定了生态安全的标准值后，就可以计算出人类活动对生态安全及环境影响的变化值；

⑤ 根据各评价因子的相对重要性赋予权重；

⑥ 将各因子的变化值综合，得出综合影响评价值，即

$$\Delta E = \sum_{i=1}^{n} (E_{hi} - E_{gi}) W_i \tag{3.1}$$

式中，ΔE 为人类活动前后生态安全及质量变化值；E_{hi} 为人类活动后 i 因子的质量指标；E_{gi} 为人类活动前 i 因子的质量指标；W_i 为 i 因子的权重。

3.5.2 区域生态安全承载力的评价方法

区域生态安全承载力的研究方法是在资源承载力和环境安全承载力研究的基础上发展而来的。以状态空间法作为研究区域承载力的基本方法，在此基础上加之以评价指标体系和系统动力学模型等定量方法，进行区域生态安全承载力与状况的现状分析、动态模拟及趋势预测。区域生态安全承载力通常由表示区域系统各要素状态向量的三维状态空间轴组成（人类活动轴、资源轴与环境轴），利用有关状态空间法的基本原理及状态空间法中的生态承载状态点，可表示一定时间尺度内区域的不同生态安全承载状况。

利用状态空间中的原点同系统状态点所构成的矢量模数表示区域承载力的大小，并由此得出其数学表达式为：

$$RCC = |M| = \sqrt{\sum_{i=1}^{n} X_{ir}^2} \tag{3.2}$$

式中，RCC 为区域承载力值；$|M|$ 为代表区域承载力的有向矢量的模；X_{ir} 为区域人类活动与资源环境处于理想状态时，在状态空间中的坐标值（$i=1,2,\cdots,n$）。

如考虑到人类活动与资源环境各要素对区域承载力所起的作用不同，因而状态轴的权重也不一样，当考虑到状态轴的权重时，区域承载力的数学表达式为：

$$RCC = |M| = \sqrt{\sum_{i=1}^{n} w_i X_{ir}^2} \tag{3.3}$$

式中，w_i 为 x_i 轴的权重。

由于现实的区域承载状况同状态空间理想的区域承载力并不完全吻合，其偏差值可作为定量描述区域承载状况的依据。通常区域承载状况有超载、临界与低载三种情况。区域承载状况的计算公式为：

$$RCS = RCC \times \cos\theta \tag{3.4}$$

式中，RCS 为实现的区域承载状况；θ 为现实的区域承载状况矢量与该资源环境承载体组合状态下的区域承载力矢量之间的夹角，根据矢量夹角计算公式可求得：

$$\cos|\theta| = \frac{(a,b)}{|a||b|} = \frac{\sum\limits_{i=1}^{n} X_{ia} X_{ib}}{\sqrt{\sum\limits_{i=1}^{n} X_{ia}^2 \times \sum\limits_{i=1}^{n} X_{ib}^n}} \tag{3.5}$$

式中，a、b 分别代表状态空间中的两个向量，假设其顶点分别为 A、B；X_{ia} 和 X_{ib} 则代表顶点 A、B 在状态空间中的坐标值（$i = 1, 2, \cdots, n$）；n 代表状态空间的维数。在概念模型中，$n = 3$。

根据概念模型分析可知，超载时的区域生态安全承载力的矢量的模必然大于区域生态承载力矢量的模；反之，低载时区域承载状况矢量的模则小于区域承载力矢量的模。

上述概念模型中，人类活动主要考虑其对生态安全的承载体施压方面，而对人的主观能动作用则重视不够，特别是随着科技的迅速发展，人类可以采用新的代替资源，或者通过对自身活动的约束，减少资源消耗与环境污染，从而达到提高区域生态安全承载体的承载能力。因此，在实际工作中，必须将人类活动区分为压力类活动与潜力类活动两类，并设计相应的指标，才能确保研究成果的科学性。

在区域生态安全承载力分析中进行指标选取时，还必须充分考虑载体与受载体之间的互动反馈方式、强度、后效、潜力与相互替代等特点，在具体操作过程中，还要进行指标间的多重共线性分析，尽量减少由于指标间的重叠信息而影响分析结果的客观性。

3.5.3 生态足迹法

加拿大生态经济学家 William Rees 在 1992 年首先提出"生态足迹"概念，他将区域生态足迹定义为："为生产特定区域人口消费所需的资源和同化这些人口消费所产生的废物，需要生态系统提供的生产性土地面积和水体面积。但不区分这些土地和水体在地球上的具体位置。"在现有技术水平的前提下，根据确定的人口估算能够生产出满足大量生态系统服务持续需求的陆地和水域面积将是可能的。这种根据所有重要的消费种类计算出的总量，可以保守地估算出一个基于地区人口和经济的自然首要需求，我们称之为这个地区人口的真"生态足迹"。William Rees 主张以生产性土地面积为指标的生态足迹方法，来测度人类耗用生态系统生命支持功能的程度，以及人类活动对自然的影响程度。

基于以下两点假设，①能够计算出人类消费的大部分资源和产出的大部分废物；②这些资源和废物能够被转换成产生等量资源并能消解这些废物的生产性土地面积，生态足迹也可定义为，具有上述功能的生产性土地面积就是人类的"生态足迹"。生态安全实质就是生态承载力的"底线"，超过了这一临界值，生态安全就会崩溃。而生态足迹分析方法就是要找出这一"底线"，并试图通过量化的方法，从区域战略的角度来分析现实人类的生态足迹是多少，通过估算来判别它是否超出地球的承载力、是否安全。

对比自然界生态系统所提供的生态足迹（SEF）和人类对生态足迹的需求（DEF），

如果在一个地区 SEF>DEF，则表明生态盈余，也就是人类对自然生态系统的压力处于本地区所提供的生态承载力范围内，该区域的生态系统相对安全；如果 SEF<DEF，则会出现生态赤字，这表明该地区的人们对本地区的自然生态系统所提供的产品和服务的需求超过了其供给，该地区的生态系统是不安全的。

3.6 生态安全评价工作程序

生态安全评价工作包括确定评价对象与尺度、建立评价指标体系、评价实施和编制评价报告书等内容。生态安全评价基本工作程序见图 3.2。

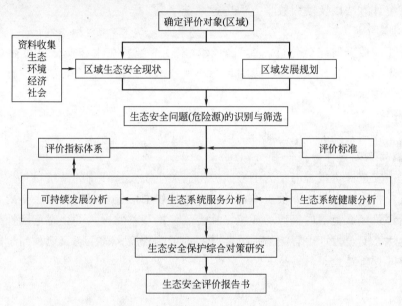

图 3.2 生态安全评价工作程序

3.6.1 确定评价对象与评价尺度

尺度系指观察或研究对象的空间分辨率和时间单位，标志着对所研究对象细节的了解水平。从空间概念上讲，生态安全评价的对象存在区域、国家乃至全球等不同的层次；从时间概念上讲，生态安全评价包括回顾性评价、现状评价、预测性评价。其中，区域生态安全现状评价是当前研究的热点。

3.6.2 建立评价指标体系

生态安全评价的对象是经济、社会、资源、环境复合生态系统。该系统是一个多成分、多功能、结构复杂的综合大系统。一个或几个指标只能从某几个侧面观察系统，并不能反映系统运行和演变的全貌和全过程。因此，在进行生态安全评价时，若只对系统的几个侧面进行比较和分析，所得出来的结论必然会有一定程度的片面性，有时甚至是错误和不切实际的。如果对一个系统的内部结构、运行状况、外界因素的影响没有一个全面的了解，综合评价就会成为一句空话。因此，如要全面地考察系统生态安全状况和发展变化规律，需要建立一套与之相适应的指标体系。生态安全评价指标体系的建立涉及众多学科且需要对评价系统有足够的认识，不同评价层次、不同尺度的生态安全分析应具有不同的指标要素，因此指标体系的建立显得十分复杂。归纳起来，生态安全评价指标体系应包括经济子系统、社会子系统、资源子系统和环境子系统。

3.6.3 实施评价

3.6.3.1 采集评价信息

全面收集有关所研究系统生态安全的第一手资料及当时的社会、经济、资源、环境中与生态安全相关的资料。采用多种技术相互配合与补充的集成方法，保证信息的广泛性、系统性、准确性与及时性。

3.6.3.2 评价信息的处理分析

所收集到的信息都是原始数据，需要进行系统的整理、分类、统计和综合分析。通常采用多变量统计方法以及模糊数学方法进行系统研究。

3.6.3.3 对策分析

通过对相关数据的综合分析，查明评价对象（区域）在生态安全方面存在的潜在问题，以保护生态安全、加强生态建设为目标，从技术、经济、社会、法律、行政、宣传等方面提出综合性对策措施。

3.6.3.4 评价结论

在上述工作的基础上，给出评价结论。

3.6.4 编制生态安全评价报告书

编制生态安全评价报告书是为了形成一份有关生态安全评价的系统材料，以便能够进行科学决策。根据生态安全评价工作特点，评价报告书应包括以下五项主要内容：①背景描述，包括评价区域范围内资源、环境、社会、经济基本状况；②生态危险性分析，界定可能对系统生态安全性产生影响的因子，并明确影响程度；③生态安全预测；④生态安全综合评价；⑤评价结论。

第4章　生态安全评价指标体系

从生态安全评价过程中可以看出，生态安全指标的确定在进行生态安全评价中，具有十分重要的地位。它既是对生态安全进行科学评价和决策支持系统的一个重要组成部分，又是生态安全决策的重要工具。

为了把生态安全评价从概念逐步推向实践，需要制定合理的生态安全评价指标、指标体系及评价方法，以便能够定量化、可操作地衡量生态安全的水平和能力。缺乏这一连接理论与实践的纽带，生态安全评价理论只能是动听的言辞，或停留在道德原则的概念而被束之高阁，难以真实考察和把握生态安全的发展方向和效果，也无法有效地指导生态安全评价的具体实践。因此，生态安全评价指标和指标体系的研究成为生态安全领域的前沿课题之一，受到许多国际组织及国内外研究者的关注。

4.1　指标与指标体系

4.1.1　指标

指标（Indicator）来源于拉丁文，含义是揭露、指出、宣布，使公众知道、评估、标明。它是复杂事件或系统的信号，是一组反映系统特性或显示发生何种变化的信息，从数量方面说明一定社会总体现象的某种属性或特征，它的"语言"是数字。指标可以简化关于诸如生态安全之类的复杂现象的信息，尽可能通过量化，以便更容易沟通，是原始数据或待处理数据的集合，但它们本身又能进一步合成为指标。

一个指标可以是一个变量或一个变量的函数（如比率）。指标可以是定性变量（如安全-不安全、可参与决策-不可参与决策），也可以是序列变量（如最好或最差的计划、最低和最高的死亡率），也可以是定量指标（如每年的能耗、人均国内生产总值）。

尽管定量指标很普遍，但当被计量问题难以定量化（如文化价值）、当信息是基于观点调查（如"对你的状况满意吗？"或"你参与规划制定吗？"等问题的"是"或"否"的回答）、当定量的信息不能用（如数据丢失）、当使用定量指标所花的代价很高或当一些简单的信号足以说明问题时，定性指标也很重要。

4.1.2　指标体系

为了解决生态安全系统中各因素如经济、社会、资源、环境等的协调问题，需要设计指标的组织系列即指标体系。指标体系的核心任务是组织、构造和发展指标，这个过程可归纳系统的许多方面和各种过程。

指标体系可以指导所有数据和信息的搜集过程，能帮助决策者从许多不同的因素中提炼有用的信息，建立关联信息系列，以提高其透明度和综合性，还可以在缺乏信息的情况下帮助确立重要问题，然后再确定必要的数据收集。指标体系也可以用于搜集信息，通过分析和汇集生态安全评价的内容，强调问题的重点。因此，指标体系是指标形成和确立的基础。

4.1.3 指标的功能

指标的功能，主要体现在以下三个方面。

① 反映功能。反映功能是指标最基本的功能，它描述和反映任何一个时间点上（或时期内）经济、社会、人口、环境、资源等各方面生态安全的水平或状况。例如，与一般社会经济意识对社会经济存在的反映不同，社会指标对社会经济现象的反映总是以一定研究假设为指导的，而且具有较强的选择性、浓缩性，即选择那些最重要、最具代表性的侧面来反映社会经济现象，力求把复杂的社会经济现象浓缩在有限的几个社会指标之内。

② 监测功能。监测功能是反映功能的延伸，是动态中的反映功能。监测功能可分为两类，一是系统自身运行情况的监测，如人口密度的增减、物价指数的升降、平均预期寿命的延长或缩短等；二是政策、计划执行情况的监测，如生态环境保护政策执行情况、经济社会发展计划的执行情况等。前者是对系统"自然状态"的监测，后者则是对有组织、有目的系统调控的监测。

③ 比较功能。当指标被用来衡量两个或两个以上认识对象的时候，它就具有了比较功能。比较功能也可分为两类，一是横向比较，即在同一时间序列上对不同认识对象进行比较，如同一时期地区与地区的比较、国家与国家的比较；二是纵向比较，即对同一认识对象的不同时期发展状况的比较，如对居民生活状况作改革前后的比较，对企业作实行股份制改革前后的比较等。横向比较有助于认识自己的特点和位置，明确自己的长处和短处；纵向比较有助于认识自己的状况和发展趋势，明确自己是在前进、后退或停滞，有助于对现象做出正确的判断。

4.2 生态安全的度量

由于生态安全评价的对象是"人类-资源-环境"复杂大系统，包括经济、社会、文化、人类自身、生物、资源、环境等若干子系统，因而衡量它们各自的标准也不相同。为此也出现了对生态安全的不同度量方法。近年来，国内外学者在这方面进行了大量的研究，取得了一系列成果。本书将生态安全评价对象分为经济子系统、社会子系统、资源子系统和环境子系统，分别利用各子系统相应指标来反映所评价系统的安全状态。

4.2.1 经济指标体系

在经济学研究中，存在"经济增长"和"经济发展"两个概念，有时并不严格区分这两个概念的含义，而加以混用。但是，在理论上，尤其在现代经济学理论中，这两个概念包含着不同的内容，有其特定的内涵，不能不加区分地随意使用。

增长是指增加或者提高。发展是指事物由小到大、由简到繁、由低级到高级、由旧质到新质的运动变化过程。虽然"增长"和"发展"都是事物运动的现象、规律或者是人们对事物不同运动的认识，但是"增长"强调事物运动中的量变，而"发展"强调事物运动变化的过程。与"增长"相区别，"发展"是量变和质变的辩证统一，是事物内部矛盾斗争的结果。

增长和发展现象反映在经济生活中，就出现了经济增长和经济发展问题。在现代经济学理论中，经济增长是指一个国家、地区或部门、行业的产品和劳务数量的增长，或按人口平均的实际产品和劳务数量的增加。简言之就是指社会财富的增长、生产的增长或产出的增长。经济发展是指伴随着经济结构、社会和政治体制变革的经济增长，即不仅意味着产出的增长，还意味着随着产出的增加而出现产出与收入结构上的变化以及经济条件、政治条件、文化条件等的变化。

由于经济增长和经济发展的涵义不同，因而衡量它们各自的标准也就不同。衡量经济增长的标准一般都是些数量指标，诸如工农业生产总值、社会总产值、国民生产总值（GNP）、国内生产总值（GDP）、国民收入等的增长值、增长率或人均增长值。其中，GNP 和 GDP 的增长率是通用尺度。而衡量经济发展则比衡量经济增长要复杂得多、困难得多。曾经有人在未能区分经济增长和经济发展两个概念差异的前提下，简单地只把作为衡量经济增长标准的一些指标，甚至仅仅把 GNP 作为衡量经济发展的指标，是明显不恰当的。因为这些指标，特别是仅用 GNP 指标不能全面反映经济发展的所有内容。关于经济发展的衡量标准问题，国内外已有许多人作了研究，并提出了很多可供选用的指标体系，如美国经济学家阿德尔曼（I. Adelman）和莫里斯（C. Morris）提出的经济发展指数。虽然到目前为止，国内外还没有一个统一、公认的衡量经济发展的完善指标体系，但不能仅把衡量经济增长的标准当作经济发展的衡量标准，后者比前者包含着更多、更广、更复杂的指标已为普遍认同。

4.2.2　社会指标体系

社会与经济的协调发展，是当代各国面临的共同问题。实践证明，经济虽然是发展一切事业的物质基础，但是一个国家的社会文化生活质量并不仅仅取决于经济的发展，还取决于社会结构、人口素质、社会制度、财富分配方式、政治思想、道德观念等社会发展方面。只有经济发展与社会发展相协调才能真正促进社会文明的进步。

世界各国从 20 世纪 60 年代就开始利用社会指标对社会发展趋势和各种社会问题进行评价、监测，社会指标已成为现代化管理的重要手段。人们试图通过人口数量和素质变化、社会福利、文化、卫生、社会保障与社会安全等方面更全面地反映社会发展状况，并提出了很多可供选用的社会发展指标体系。如联合国开发计划署（UNDP）提出的"人类发展指数"，包括收入、寿命和教育水平三个基本要素，是三个分指标的合成。收入通过估算实际人均 GDP 的购买力平价来测算；寿命是指预期寿命；教育通过成人识字率和小学、中学及大学综合入学率的加权平均数来衡量。UNDP 每年还都对指数的计算方法做出局部改进，使得这一测定方法不断改善。

我国在 1991 年提出要在 2000 年实现小康目标以后，一些政府机构、高等院校和研究单位便将小康目标用社会指标的原理和方法进行具体化，提出了小康指标体系，如：国家统计局城乡调查队经过深入的调查研究，制定了适用于全国、城市和农村的多层次的指标体系，具有明显的针对性和实用性。中国社会科学院社会学研究所"社会发展与社会指标"课题组也分别研究制定了用来测定全国（60 个指标）、城市（53 个指标）、农村（49 个指标）的小康指标体系，其特点是从广度和深度方面描述小康社会的全貌，且已应用数据资料进行操作，其成果公布后引起了社会的广泛关注。中国社会科学院社会学研究所 1993 年用 32 个城市小康指标评出了 24 个接近小康目标的县。这些已基本实现的小康市县在各省区中均居于中等偏上水平，基本符合中央提出的小康标准，它们对推动和促进其他市县的小康建设具有示范作用。

以上经济发展指标体系和社会发展指标体系基本上可分为两种类型：一类是采用社会、经济和政治因素相互作用的标准来衡量发展；另一类是用生活质量的标准来衡量发展。由于这一时期的指标体系研究是针对当时的经济发展，社会问题、环境问题增多等现实情况，受国外社会指标运动推动而进行的，旨在评价、描述社会发展状况，揭示、反映问题，提出对策，以促进社会问题的解决及社会的健康发展。另外由于观念的局限，当时的指标体系研究只或多或少地纳入了部分资源利用及环境保护方面的指标，没有系统地从生态安全角度构建指标体系。

生态安全评价中，对经济、社会发展的度量要充分体现可持续发展思想。可持续发展是人类社会在经历了原始文明、农业文明，包括中国在内的发展中国家努力走向工业文明，而西方发达国家正穿越高度工业化或现代化文明阶段而进入后工业文明时代的途中，由于现代工业文明所包含和引发的种种危机与人类生存和持续发展的要求不相适应，特别是工业化带来的和潜在更大的生态环境危机的现实背景下，人类社会向自身提出的战略性发展观。生态安全与可持续发展都不否定经济增长，都强调经济增长的必要性，因为经济增长是提高人们福利水平、增加社会财富、增强国家实力的必要条件。但是，生态安全与可持续发展都要求重新审视如何推动和实现经济增长。要求以自然资源为基础，同环境承载力相协调，经济和社会的发展不能超越资源和环境的承载能力，要求在严格控制人口增长、提高人口素质、保护环境和资源永续利用的条件下，进行经济建设与社会发展。

4.2.3　资源指标体系

自然资源是生态系统的重要组成部分，主要包括土地资源、水资源、能源、生物资源和矿产资源等五个方面。资源的生态安全性主要表现在两方面，一是资源供给体系的稳定性，二是资源开发使用方面的安全性，如砍伐森林和开采矿产所导致的植被破坏和水土流失等。因此，资源指标体系包括资源存量指标体系和资源质量指标体系两大类。资源存量指标主要包括现有资源保障度、资源储量、资源储备等；资源质量指标主要包括资源对外依存度、资源利用效率、资源综合回收率等。

目前，任何一个国家或地区，都不可能拥有自身社会经济发展所必需的足量的资源，都要通过国内或国际贸易出口优势资源，进口稀缺资源。实现资源互补是保障国家或地区生态安全的前提和必要条件。因此，仅用资源存量指标不能充分反映一个区域实际的生态安全状况，比如沈阳市水资源总量与人均水资源都很低，但实际沈阳市城市居民饮用水很大程度上源于抚顺大伙房水库，所以不能只使用水资源存量指标（如水资源总量）衡量沈阳市水资源安全状况，还需要使用相关资源质量指标（如城市供水能力）来共同表征区域水资源安全状况。

4.2.4　环境指标体系

4.2.4.1　环境质量目标

环境质量目标也称环境目标，指能基本满足区域社会经济活动和人群健康要求的环境目标；也是各级政府为改善辖区（或流域）内环境质量而规定的在一定时段内必须达到的各种环境质量指标值的总称。每个环境质量指标值就是一个具体的目标值。环境目标是一个城市、地区、国家制定环境规划、进行环境建设和管理的基本出发点和归宿。环境目标值经政府部门提出后，具有行政条例的作用，经过相应的合法程序批准后，则具有法规的效能。

环境规划所确定的目标通常包括两个主要方面：环境质量目标和污染物总量控制目标。规划目标的确定是一项综合性极强的工作，也是环境规划的关键环节。各级政府在确定辖区环境目标前，往往先开展环境规划工作，因此他们提出的环境目标，实际是"环境规划目标"。当然，在环境规划中还包含管理工作目标、措施目标等，但这些都是保证质量目标实现而拟定的保证条件。

环境质量目标中主要有大气质量目标、水环境质量目标、噪声控制目标、景观和环境美学目标等。环境质量目标因不同地域或功能区而不同，通常由一系列表征环境质量的指标来表达。

4.2.4.2　环境承载力

环境承载能力指在不违反环境质量目标的前提下，一个区域环境能容纳的经济增长、社会发展的限度以及相应的污染物排放量。确定环境承载能力必须分析区域的增长变量和限制因素之间的定量关系。在这里，增长变量包括人口、生活水平、经济活动强度和速度以及污染物的排放量等；限制因素包括自然环境质量、生态稳定性、基础设施的能力和居民对环境状况的心理承受力等。通常由社会调查、环境监测和调查、政治途径和专家判断来设定每个限制因素的最大和最小容许值。通过承载能力分析可以确定增长和发展的关键制约因素以及增长的合理规模。影响环境承载能力的因素很多，关系复杂，如何对各种因素和变量进行定量化以确定环境中污染物的容许受纳量是很困难的。

4.2.4.3　环境容量

环境容量指区域自然环境或环境要素（如水体、空气、土壤和生物等）对污染物的容许承受量或负荷量。它由静态容量和动态容量组成。静态容量指在一定环境质量目标下，一个区域内各环境要素所能容纳某种污染物的静态最大量（最大负荷量）；动态容量指该区域内各要素在一确定时段内对该种污染物的动态自净能力。由于自然环境本身和各种影响因素（包括社会经济发展条件等）的变化及其相互作用非常复杂，确切判定环境容量非常困难，但作为概念表达，尚容易为人们理解。

区域环境容量是一段时间内平均的概念，它是由单个环境要素的平均容量组成的，即有：

$$ECt = ECa + ECw + ECs + ECb \qquad (4.1)$$

式中，ECt 为一个区域在一段时间内的平均环境容量；ECa 为该区域空气在一段时间内的平均环境容量；ECw 为该区域水体在一段时间内的平均环境容量；ECs 为该区域土壤在一段时间内的平均环境容量；ECb 为该区域生物在一段时间内的平均环境容量。

从理论上说，环境容量可用科学方法取得基本资料，通过一定数学模型表达出来，但很难做到切合实际。在大量掌握实际监测数据的区域也可以建立输入-响应关系的黑箱模型以备用。

4.2.4.4　污染物总量控制目标

从理论上说，一个区域允许排放的污染物总量应控制在环境容量范围内。允许排放的污染物总量确定后，再在区域内进行合理分配，进一步确定区域内每个污染源的允许排放量。允许排放的污染物总量也可理解为受纳环境（区域或水域）的容许纳污量。

环境污染物总量控制目标主要由工业或行业污染控制目标以及区域或城市的污染控制目标构成。它规定了一个区域或一个城市中各种污染物允许排放的总量。

环境目标的确定，一般是依据本地环境现状或环境规划区功能要求，选择相应等级（或类别）的环境标准值。在污染严重的地区，作为改善环境质量的起步，可以先拟定比环境标准低的要求，在短期内达到后，再在下阶段达到环境质量标准的目标。例如一个区域空气的总悬浮颗粒物日平均浓度为 $1.00mg/m^3$，要在短期内降至国家三级标准的 $0.50mg/m^3$ 不可能，这时该区域的近期目标定为半年内降至 $0.80mg/m^3$，在一年半内降至 $0.50mg/m^3$ 以下。

在环境质量好的区域，污染源只要达到浓度标准排放就可使区域的环境质量达到标准要求时，可以实行浓度控制标准；在环境污染较重或污染源已达到排放浓度标准，而环境质量仍达不到标准的区域，则必须实行总量控制，并执行排污许可证制度。

4.3　区域生态安全评价指标体系框架构建

为了指导生态安全评价过程，必须有一个清晰的概念框架，框架中应包含一些指标，这些指标能根据特定的环境或决策者的要求进行调整。一个有效的框架应能达到两个重要目的，一是可以在指标选择时帮助确定优先权，二是能确认哪些指标在将来可能会变成更为重要的指标。

4.3.1　区域生态安全评价指标体系的框架

生态安全评价既涉及经济、社会、资源、环境等子系统，又涉及回顾评价、现状评价、预测评价等时间因素，同时还体现了系统对生态安全状况所做出的反映。但是，迄今为止，所有的指标或指标体系均是单独从某一角度进行论述。要完整、准确地反映生态安全的内涵，所构建的指标必须能综合地体现时间、领域和影响三个方面。因此，基于多维的生态安全评价指标体系框架应该如图 4.1 所示。

图 4.1 中的生态安全评价指标体系框架涉及了经济、社会、资源、环境的整个过程，既有正面的又有负面的，将其作为领域维，即：区域生态安全系统是"经济"、"社会"、"资源"、"环境"在领域维的统一体，是融"经济"、"社会"、"资源"、"环境"于一体的动态系统。从区域发展过程看，框架反映了"过去"、"现状"、"将来"不同时间段所处的状态，将其作为时间维，生态安全在时间上体现了将来和现在的统一，强调了可持续发展思想的体现。同时，经济活动对人类生活造成影响，对资源环境造成"压力"，从而产生"状态"及人类对此做出的"响应"，将其作为影响维。

4.3.2　基于时间维的区域生态安全评价

基于时间维的区域生态安全评价可以按时间顺序分为：回顾评价、现状评价和预测评价三种类型。

生态安全回顾评价是指对区域过去一定时期的生态安全状况，根据历史资料进行回顾性的评价工作。通过回顾评价可以揭示出区域生态安全的发展变化过程。但进行回顾评价常常要受到历史资料积累情况的限制，一般多在经济社会发展水平较高，科研监测工作基础较好的区域展开。

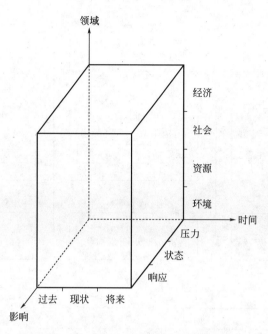

图 4.1　生态安全评价指标体系框架

生态安全现状评价一般是根据近两三年的经济社会发展统计资料及监测数据对区域生态安全状况进行评价。通过现状评价可以阐明生态安全的现状，为进行以生态安全为基础的区域规划以及区域发展战略提供科学依据。这是我国当前正在积极开展的生态安全评价形式。

生态安全预测评价的主要内容是生态安全预警，是指对区域生态安全可能出现的衰竭或危机而建立的报警，包括从发现警情、分析警兆、寻找警源、判断警度以及采取正确的预警方法及警情排除的全过程。生态安全预警不仅要正确判断涉及人类活动所造成的经济、社会、资源、环境危机的后果，更要对可能出现的警情以及未来生态安全的发展趋势进行有效的控制。

基于时间维的生态安全评价在可持续发展思想方面，体现了当代、后代、将来各阶段发展进程的统一。而且，生态安全评价不是一个静态的结果，而是一个不断进化的动态过程。因此，无论回顾评价、现状评价还是预测评价，都包括"初始状态"、"进程"、"当前状态"三部分，可以用图 4.2 表示。

4.3.3　基于领域维的区域生态安全评价

基于领域维的区域生态安全评价就是将生态安全系统看成是"经济"、"社会"、"资源"、"环境"在领域维的统一体，看成是一个动态的系统。在图 4.3 中，将"经济发展"、"社会发展"、"资源永续"、"环境保护"用不同的四个圆来表示，它们既相对独立又相互作用。经济发展包括经济增长、个人受益、市场繁荣等，社会发展包括社会结构与社会秩序、人口素质、生活质量等，资源永续包括数量充裕、供给稳定、质量有保证等，环境保护包括环境承载能力、环境标准、环境容量等。只有当区域系统同时满足经济、社会可持续发展、资源永续利用、环境受到保护时，区域生态安全才是满意的，即图 4.3 中间交叉部分。

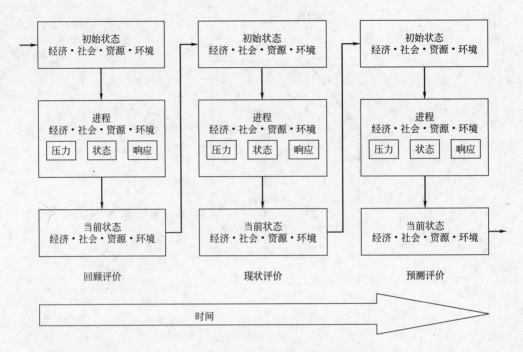

图 4.2　基于时间维的生态安全评价

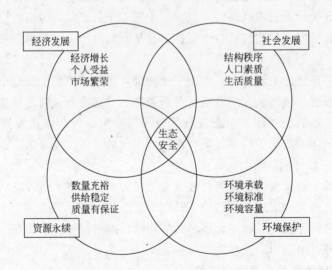

图 4.3　基于领域维的生态安全评价

4.3.4　基于影响维的区域生态安全评价

基于影响维的生态安全评价更多地考虑了人类活动对生态环境造成的影响以及人们对现状的综合考虑和做出的反应。图 4.4 表示了压力、状态、响应的相互作用。社会经济系统要利用生态环境系统的资源，同时对生态环境系统产生压力（如二氧化碳的释放等），即社会经济发展可能会影响到生态环境健康。生态环境系统的状态以信息的形式提供给社会系统，促使社会系统做出响应。社会系统通过决策行动影响系统压力的缓解或加重。

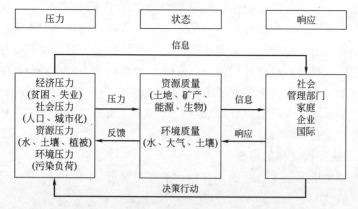

图 4.4   基于影响维的生态安全评价

4.4   区域生态安全评价指标

区域生态安全评价指标的确定，在进行区域生态安全评价中具有十分重要的地位。它既是区域生态安全评价和决策支持系统的一个重要组成部分，又是区域规划与决策的重要工具。

4.4.1   指标的选取原则

用于评价某一事物性能的指标往往有很多，某一个指标是否选用，主要取决于研究的问题。对一个给定的问题，一个指定地方或一个经济机构和经济部门，确定哪个指标与其相关，哪一个好，哪一个差，必须要有一个科学的选择程序。为了创造性地建立起能适用于某区域状况的、良好的指标，提高该地区生态安全度，需要以指标的选择原则作指导。同时可以使指标在不同地区之间、不同方法之间具有可比性。为此，选取指标时，必须重视以下 4 个方面。

（1）从指标体系的框架出发全方位考虑   指标体系往往涉及大量繁杂的指标，必须按各类指标的特点进行综合和选择（依据典型性和代表性），方能建立简化而有效的指标体系。此外指标信息的接受者（大众、决策者、科学工作者）的不同也决定了指标选用与制定的不同。从科学工作者→管理决策人员→大众这样顺序提供的指标，其数据和信息会被逐渐压缩。科技人员对能进行统计分析的原始数据最感兴趣，管理决策者则偏好与政策目标、评估标准等相关的信息浓缩度较高的指标，大众则更喜欢简明扼要的、信息高度浓缩的指标。因而指标的数量与具体形式应根据不同的信息接受对象来确定。区域生态安全评价为决策者和公众提供的浓缩信息一般可用综合指数表示。如大气污染综合指数可反映多种污染物对大气质量、人体安全效应的综合影响。

（2）体现可持续发展思想   区域生态安全评价是实现区域可持续发展的重要手段，因此，指标体系应充分体现可持续发展的思想。生态安全评价指标不是简单的"状态指标"，而是与某个参照点（系）相对应的一组指标，它描述的是目前的状态或未来状态与某个参照点之间的"距离"。评价指标既要反映影响效应的程度大小，又要反映累积效应的分布范围与频率，并采用反映区域累积效应区最小、频率最低的指标，评价区域生态安全性及可持续性。

（3）容易量化 生态安全评价指标是反映整个"人类-资源-环境"系统的生态安全状况，指标涉及面比较广，有些指标难以量化。为了使所确定的生态安全评价指标既能够反映评价区域生态安全的主要情况，又简便易行，在设计时要充分考虑到指标体系的可操作性，因此，应尽量选择容易量化的指标项，这样，可以给生态安全评价提供有力的依据。

（4）数据易得 生态安全评价的指标体系是为评价一个区域的生态安全状况而制定的，是一套非常实用的体系，所以在设计时，既要考虑指标体系构架的整体性，又要考虑指标体系在使用时，容易获得较全面的数据支持。

4.4.2 经济子系统评价指标的确定

经济子系统评价指标至少包括图 4.5 所示的 3 个部分。

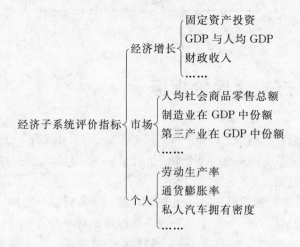

图 4.5 经济子系统评价指标

4.4.3 社会子系统评价指标的确定

社会子系统评价指标至少包括图 4.6 所示的 3 个部分。

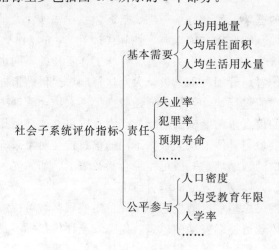

图 4.6 社会子系统评价指标

4.4.4 资源子系统评价指标的确定

资源子系统评价指标至少包括图 4.7 所示的 5 个部分。

$$
资源子系统评价指标
\begin{cases}
水资源系统 \begin{cases} 存量指标：人均水资源等 \\ 质量指标：地下水亏缺、灌溉水等 \end{cases} \\
土地资源系统 \begin{cases} 存量指标：人均耕地等 \\ 质量指标：水土流失、土地生产力、沙漠化等 \end{cases} \\
生物资源系统 \begin{cases} 存量指标：天然林比例、人工林面积、物种等 \\ 质量指标：森林覆盖率、植被生长状况、珍稀度等 \end{cases} \\
能源系统 \begin{cases} 存量指标：日照时数、储存量、薪炭林等 \\ 质量指标：人均耗能量、工业耗能率等 \end{cases} \\
矿产资源系统 \begin{cases} 存量指标：储量、储备系数等 \\ 质量指标：资源利用率等 \end{cases}
\end{cases}
$$

图 4.7 资源子系统评价指标

4.4.5 环境子系统评价指标的确定

环境子系统评价指标至少包括图 4.8 所示的 3 个部分。

$$
环境子系统评价指标
\begin{cases}
污染源 \begin{cases} 排放：废水量排放量、SO_2 排放量 \\ 控制：处理率、达标率等 \end{cases} \\
环境受体 \begin{cases} 大气：酸雨、TSP、SO_2、NO_x 等 \\ 水体：富营养化、COD、BOD_5 等 \\ 土壤：重金属、农药、酸化等 \\ 生物：生物积累、生物放大等 \end{cases} \\
污染事故 \begin{cases} 事故频度 \\ 事故危害 \end{cases}
\end{cases}
$$

图 4.8 环境子系统评价指标

41

第5章 城市生态安全评价

生态安全评价是一项应用性很强的技术工作,为把生态安全评价从理论研究逐步推向实际应用,如何选择合适的评价对象展开生态安全评价的实例研究就显得尤为重要。当前,我国在生态安全评价的实例研究中,从传统生态学和可持续发展评估角度,对自然、半自然生态系统的研究报道较多,如湿地生态系统、脆弱生态区、农业可持续发展等,而城市作为人类生存的主要聚落形式,对其进行生态安全评价还未见报道。生态安全评价的对象是人类复合生态系统,而城市正是以人类为中心的自然、社会、经济、文化、环境诸多因素共同作用下形成的复合生态系统,加之随着城市化进程加快,伴随而来的人口膨胀、用地紧张、资源短缺、环境污染、社会治安恶化等一系列城市生态安全问题,选择城市作为对象进行生态安全评价的实例研究具有重要意义。

尽管城市存在已有数千年,城市规划学科也走过了漫长的岁月,但是人们对城市的认识还不统一,对城市概念的定义还多种多样。本章从城市生态学角度出发,来探讨城市生态安全问题。

5.1 城市的概念

5.1.1 城市的传统概念

在我国历史上,"城"是指四面围以城墙、扼守交通要冲、具有防卫意义的军事据点,"市"则指交易的市场。"市"与"城"开始形成时并非聚于一体。后来,"城"里居住的人口逐渐增多,"市"便在"城"内和"城"郊出现,二者渐渐融为一体,成为真正意义上的城市。

早期的城市,由于战乱纷纷,"城"的防御功能十分突出,经济自给性强,而"市"的贸易功能则不够发达。随着社会进步和经济发展,"市"的功能后来居上,成为城市的主宰和灵魂。而作为军事据点和防卫意义的"城"的功能则被淡化。现代城市已远非古代城市所能比拟,更非"城"与"市"的简单叠加,其规模之巨大、功能之多样、结构之复杂令人叹为观止。

城市是一个很难下定义的概念。尽管如此,国内外学者仍试图从不同的角度来定义城市。美国一位社会学家曾说,城市是一个有相当大的面积、相当高的人口密度、居住有各种非农业专门人员的地域综合体。法国一位地理学家认为,城市既是一片景观,一片经济空间,一种人口密度;也是一个生活中心或劳动中心;还可能是一种气氛,一种特征或一个灵魂。英国经济学家巴顿则指出,城市是一个坐落在一定地域范围内的,由住房市场、劳动力市场、土地市场、运输市场等各种经济市场相互交织形成的网络系统。德国地理学家拉采尔提出,城市是指地处交通便利环境、覆盖有一定面积的人群和房屋的密集综合体。意大利学者波贝克则认为，城市寻求交通方便的有利环境，是对应于交通经济一定发展阶段的产物。

综上所述，从形态上定义，城市是指一种景观或一片经济空间；从性质和职能上定义，城市是指第二、第三产业活动中心及从事第二、第三产业的人口的生活聚居地；从区位上加以定义，城市则是指沿河流、山麓、海岸或铁路、公路沿线分布的一定区域的中心。总的来说，城市就是指非农业人口聚居地，是一定地域范围的政治、经济、文化、科技、教育中心。城市是经过人类创造性劳动加工而拥有更高"价值"的人类物质、精神环境和财富，是更符合人类自身需要的社会活动的载体场所和人类进步的合理的生活方式之一。

5.1.2　城市的生态学概念

一般认为，生态学是研究生物与其环境间的交互关系，以及研究生物彼此间的交互关系的一门学科。城市生态学是应用生态学原理和方法，将城市视作生态系统，研究其结构、功能、平衡与运行规律的一门科学，它是生态学的重要分支学科，也是城市科学的一个重要分支学科。城市生态学采用系统思维方式，并试图用整体、综合有机体等观点去研究和解决城市生态环境问题。由于城市人口与城市环境（其他生物因素和非生物因素）相互作用形成复杂的网络系统，因而使城市体系的中心问题仍然是人类、资源与环境的问题。

城市生态学首先把城市看作是一个在自然生态系统基础上建立起来的、充分人工化的、多因素、多层次、多变化的复杂人工生态系统，是城市居民与其周围环境相互作用形成的网络结构，也是人类在改造和适应自然环境的基础上建立起来的，以人为中心的特殊人工生态系统。总的来讲，城市是经济实体、社会实体、科学文化实体和自然实体的有机统一，因此，城市生态系统又是一个"自然-经济-社会"复合系统。城市生态系统占有一定的环境地域，有其特有的生物组成要素和非生物组成要素，还包括人类和社会经济要素。

5.2　城市生态系统

5.2.1　城市生态系统的组成

城市生态系统包括自然生态系统和人类社会经济系统两大部分（见图 5.1）。其中，自然生态系统包括生物成分与非生物成分。生物成分主要是生产者（绿色植物）、消费者（动物）、分解者（微生物、菌类）。非生物成分主要指光、热、水、气、土壤、矿物等。生物和非生物成分为城市居民提供了生活环境和各种资源，是城市生态系统赖以生存和发展的物质基础；而人类及其所进行的生产活动和社会活动则是推动城市生态系统不断发展变化的主要动力。

城市生态系统的生物部分由成千上万的城市居民、动植物和微生物组成。非生物部分体现在以下几个方面。

① 城市是一个社会实体。城市里聚集着几十万乃至上千万的人口，他们在生活和生产中的相互联系构成了一个社会实体。人口、就业、家庭、婚姻、宗教、民族、道德、风

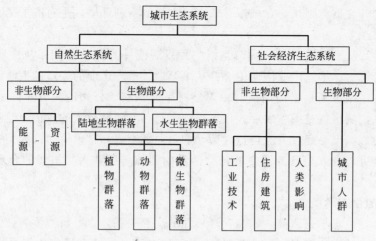

图 5.1　城市生态系统的组成

尚、公害、治安、犯罪等依然存在，构成一种城市社会现象。

②城市是一个经济实体。城市在一定面积区域里，聚集着大量的生产资料、资金和劳动力，聚集着无数家企业单位，它们从事生产和各种经济活动。为了促进城市生产力的发展，建立了一系列与生产发展相应的基础设施和服务机构，以完善城市合理的经济结构，使之成为一个开放式的经济中心。

③城市是一个科技文化教育实体。城市（尤其是大城市）中聚集着雄厚的科技力量。"科技是第一生产力"，教育是基础，它和工业生产、科学研究、人才培养、智力开发、学术交流等结合在一起，促进城市经济的发展。

④城市是一个人工自然实体。城市的建筑物高度集中，各种功能、性质、用途和建筑风格的建筑物出现在城市有限的空间内，形成城市特有的人工地貌，构成一幅城市的立体景观。

在城市生态系统中，生物种群的生长或栖息地主要是绿色空间和建筑群。绿色空间是指城市公园、绿地、林阴大道以及河流、湖泊、池塘和沼泽。生物种群既有自然生长的，也有人工栽培和饲养的，还有处于半自然状态的。微生物主要是生活在大气、土壤、水体和生物体内的细菌、真菌和病毒等。

从生态系统的观点来看，绿色植物是生态系统的生产者。它们的作用是将太阳能源源不断输入生态系统，它们为该系统中动物提供食物和养分，成为消费者和还原者惟一的能源。在城市生态系统中，植物作为生产者主要起着供氧作用，而供给居民的食物作用很小，因为城市消费者所需的食物很少是依靠城市的生产者，而绝大部分（几乎全部）来自农村或其他地区。同样，作为城市消费者的动物和分解微生物，其地位与作用与在自然生态系统中相比，也是微不足道的。

5.2.2　城市生态系统的结构

城市生态系统是个多层次、多因素、多功能的随机动态的复杂人工生态系统，其结构包括多个子系统，它们之间复杂的相互制约的运动推动了整个系统的发展。一般来讲，城市生态系统可分成如图 5.2 所示的三个亚系统。

5.2.2.1　自然环境生态系统（简称自然系统）

这里所说的自然系统，是从自然环境角度研究人类活动与城市相互关系和影响，该系

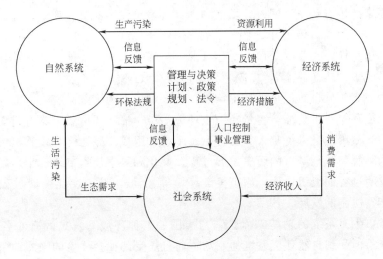

图 5.2　城市生态系统的结构

统以环境问题为中心。它包括自然能源子系统（太阳能、风能、潮汐能）、矿产子系统、水环境子系统（地表水、地下水、降雨）、大气-气候环境子系统、土地环境子系统、生物（动植物）子系统、景观绿化子系统等。

5.2.2.2　经济生态系统（简称经济系统）

经济系统以生产问题为中心，从经济发展角度研究城市生态系统。它包括工业生产子系统、农业生产子系统、交通运输子系统、邮电通讯-信息子系统、商业金融证券子系统、建筑子系统、人工能源子系统等。

5.2.2.3　社会生态系统（简称社会系统）

社会系统从社会学角度研究城市与人类活动的关系，该生态系统以人口问题为中心。它包括人口子系统（劳力、就业、年龄结构、流动）、住宅子系统、防灾子系统（地震、水灾、火灾）、基础设施子系统、文化教育子系统、医疗保健子系统、供应服务子系统、污染治理子系统、社会心理学子系统等。

上述三个亚系统是相互联系不可分割的。人的活动贯穿整个生态系统的各个过程。

5.2.3　城市生态系统的功能

城市好比是一个高度组织的有机体，具有一切有机体的正常功能。城市依靠许多系统完成各种功能，并进行有序的活动和有效的运转。城市出现的一切问题都应从其组成部分的功能上找原因，加以调整使之协调平衡。因此，城市生态系统中各子系统的相互作用和关系决定了整个系统的功能，而功能又取决于结构的合理程度。

城市的功能就是外界输入的物流、能流、信息流、人流及货币流，经过系统内部的转化作用，最后以一定的方式输出，完成城市生产、生活和还原的三大功能。因此，城市好像一个加工厂，组织着合理的流程。提高加工转化效率，达到稳定运行，生产高质量、高数量的优等产品是城市的最终目的。

自然生态系统的基本功能是维持能量流动，维持物质循环并具有自我调节的机能。城市生态系统则直接受人的目的、愿望和经济技术水平的控制，在一定的空间范围内集中了大量的物质和能源消耗，集中了大量的人口、交通和信息流，建立大量的人类技术物质（包括建筑物、道路、桥梁、构筑物和其他城市设施），而且产生了大量破坏城市的污染物，改变了原来的生态环境。同时，城市的地理环境也发生深刻的变化，地貌形态已失去原有的面貌，人工地面（混凝土、沥青、砖石等）的形成，改变了自然土壤的结构与性能，增加了不透水性，也改变了地面受热状况，破坏了自然调节能力，致使城市气候发生明显改变，形成了"热岛环流"，出现"城市热岛"效应。

按照各种城市所处自然地带的环境特点，设计最优人为生态系统，它会人为地改变自然生态系统的循环，对扩大环境容量、防止环境污染、提高环境质量具有重要意义。

应该指出，城市生态系统是人类社会生态系统的组成部分之一，在其构成中应该包括社会基本结构系统（包括城市的历史发展过程、文化和科学技术传统、学术思想的形成和发展、创造发明过程的组织协调、城市美学环境等）。城市社会文化发展过程与经济发展过程应该同步、协调的发展。

从上述城市生态系统的功能来看，它与周围的其他环境系统之间有着各种复杂的关系，这个系统不但受到自然环境系统的制约，而且还受到社会环境的强烈约束，这给对城市生态系统的认识带来了复杂性。由于城市生态系统中人口的大量集中，并且在城市地区集中了大量的工矿企业、生产和生活设施，建设了大量建筑物，各种交通和信息流活动频繁，人为活动消耗大量的能源和资源，因此，也伴随着形成了大量的噪声和"三废"污染，使得自然景观被彻底改造，植物群落结构发生改变，野生动物灭绝，微生动物活动受到抑制，造成自然环境中大气、水体、土壤等的污染，使城市安全状况下降。在实践中人们对复杂的城市环境和形成的城市生态系统缺乏足够的认识和了解，以及往往局限于眼前利益的行为，通常是造成城市生态环境破坏和不安全的根源，因此，城市生态安全评价的最终目的是掌握城市环境和城市生态的特点和规律，搞好近期和长远的城市规划，将城市建设成适宜人类生活和生产的安全场所。

5.2.4 城市生态系统的特点

城市生态系统是一个规模庞大、结构复杂、功能综合、因素众多的，具有高度自适性和强大组织能力的主动大系统。城市生态系统是以人类为中心的自然和社会相结合的生态系统，它高于一般的生态系统。

城市生态系统是由无生命物质和生命物质两部分组成的。生命物质部分是以有思维意识的人为主体，加上野生和人工培养的动植物等。无生命物质除自然环境物质外，还有由房屋、道路、通讯以及与生产和生活有关的医疗、文教、福利等设施共同组成的人为环境。城市的人口环境不仅受城市而且受国家社会经济系统的制约。城市生态系统远比自然生态系统复杂，它与自然生态系统的主要区别有以下几点。

① 人是城市生态系统的主体。城市的最大特点是人口密度高，人口的集中速度特别快，与工农业生产发展密切相关。正是这个原因，城市人为活动变得十分强烈，它不仅改变自然环境，而且也在不断地破坏自然生态系统，从而创造了人为生态系统——城市生态系统。大量的物质与能量（生产资料与生活资料）输入这个系统，造成大量的物质积累于城市中，城市生产与生活的废弃物质大量排放，超出了自然净化能力，城市也就称为环境污染最严重的地区。

② 城市生态系统生产者小于消费者。自然生态系统中，生产者的生物量和生物个体数目都比消费者的多。按其能源传递次序（以食物链为基础的各种营养阶段），消费者完全依靠生产者生产的有机物生存，因此在稳定的自然生态系统中，如果消费者有多级的

话，其生物量和生物个体逐级递减，称为生态系统金字塔，这就是美国生态学家林德曼提出的"十分之一定律"，也叫林德曼效率。但是在城市生态系统中，消费者主要是城市居民，人数很多，而作为生产者的绿色植物所占比例很小，呈倒金字塔，城市中人类现存量远大于植物现存量。如东京 23 个区的人口为 896600 人，面积为 577km^2，人口平均密度为 15250 人/km^2，每平方千米按每人平均重为 40kg 计，则作为三级消费者的数量约 600t/km^2，而 23 个区的平均绿化面积按 3% 计，绿色植物按 2kg/m^2 计，则作为生产者的数量是 60t/km^2。所以，东京的消费者生物量比生产者生物量大 10 倍，而城区的植物生物量是不能用于城市居民消费的（食用）。

③ 城市生态系统是一个开放系统。自然生态系统是一个自律系统，绿色植物吸收太阳光能进行光合作用，将光能变成化学能，贮存在所创造的有机物中，依靠系统内部的能量与物质传递可维持各种生物的生活。城市生态系统则不然，消费者的数量远远大于生产者的数量。所以必须从城市外部输入农副产品、日用品等供消费者——城市居民的生活之用。同时，城市居民在生产和生活中排泄的大量废物，也不能完全在本系统内分解，还要输送到其他生态系统（如农田、水域等）。因此，城市生态系统中能量的循环是一个开放式的生态系统。

④ 城市生态系统是一个动态的模糊系统。它是一个在时间上、空间上不断演变发展的动态系统。系统运行的环境不能控制，有很长的时滞效应。因此，调控时必须考虑目前虽未出现、但未来可能出现的干扰，并做出相应的反应，它要求控制本身应随时间而发展。这个特点要求城市规划和建设要有动态变化和动态平衡的观点，要富有弹性，留有余地，能及时跟踪系统的变化，以便与社会、经济的发展相适应。此外，效应的时滞特点及部分不可逆性，要求我们决策时必须慎重。一般描述和表征城市生态系统的许多重要属性有的是可以观测的，有的是有数据可以统计的，但更多的是许多变量难以定量化，是一些带有"模糊概念"的定性结论。因此城市生态系统存在一定的模糊性，给研究工作带来一定困难。目前运用模糊集合论方法探讨城市生态系统的分析和综合工作成为热点。

⑤ 城市生态系统是具有自我调节能力的系统。任何生命系统都有自调节、自控制、自稳定以及一定的自我修复能力，它标志着系统的生命力。城市依靠这些能力维持其动态平衡。这些能力的来源就是城市资源，包括经济潜力、人的智力、可再生资源和能源、适应性与应变性强而富有弹性的基础设施以及外界的支持。城市的最优规划是城市建设、经济建设、环境建设同步发展的保证，但它们之间往往是竞争的、相互制约的，必须在矛盾中统一，使总体效益最大。

⑥ 城市生态系统处于生态环境的脆弱带。城市通常是在自然生态条件较好的地区首先建立起来的，一般沿海、沿江、沿湖这些地区是老城市的发源地。现代生态学把处于两种以上的物质体系、能量体系、结构体系、功能体系之间所形成的界面，以及围绕这个界面向外延伸的过渡带称为"生态环境脆弱带"。这个地带存在着一种边缘效应，在自然条件下，通常生物群落结构复杂，出现多种生物共存现象，因而这里的物种竞争也特别激烈，处在不停顿的动态变化之中，城市生态系统正处于此"生态环境脆弱带"之中。一旦某一生物种群遭破坏（或食物链破坏），该生态环境就会立即失去平衡。

综上所述，城市生态系统的特点，决定了保护生态系统和维持系统安全的基本对策是控制污染、调整物质循环、提高资源和能源利用效率、提倡高科技工艺以及控制城市人口增长。

5.3 城市生态安全

城市生态学的研究，旨在指导城市规划、城市建设和城市管理，指导它们的发展、演化和政策影响。在城市这个大系统中，人是最积极、最活跃的因素。这个系统的一切都是按人的意志来建造的。但这个系统仍然受着自然规律的制约，人类仍然是生物大家庭中的一员，人类生存与发展仍然要受生物学规律的制约。如果违背生态学的规律，就会失去协调，大自然会给予惩罚。随着城市化而引起的城市生态环境问题日趋严重，由于城市人口的不断膨胀与集中，城市规模不断扩大，城市的生态环境发生了显著的变化，城市大气与水体的污染，城市垃圾成堆，城市绿地减少，城市的能源与资源不足，城市噪声增大，城市生态环境质量严重下降，已经威胁到了城市居民的基本生存条件以及城市社会经济的可持续发展。城市一系列生态环境问题与社会问题，引起了生态学家、社会经济学家、城市规划师和城市环保专家们的普遍重视和关注，有关城市生态安全的研究应运而生。

21世纪的城市生态安全问题，已不单纯是学术问题，而且是社会问题。作为国家生存和发展的必要条件和基本保障，城市生态安全问题始终是世界各国持续发展的核心任务。城市生态安全同国防安全、经济安全一样，是国家安全的重要组成部分，而且是非常基础性的部分。所谓城市生态安全，是指关系到全人类、某一国家、某一地区或城市居民生存安全的环境容量（城市空气环境容量，城市土地、人口、交通的环境容量，地面水环境容量，大气臭氧层破坏的最大极限等）是否具备、战略性自然资源（如水资源、土地资源、森林和草地资源、海洋资源、矿产资源等）存量的最低人均占有量是否有保障、重大生态灾害（如由于温室效应造成的滨海土地被淹没、重大沙尘暴灾害、由于江河上游水土流失严重造成的中下游洪涝灾害等）是否得到抑制等一系列要素的总称。

城市生态安全专门研究城市由于人为因素和自然因素导致的生态威胁及其对城市带来的危险。这些危险存在于生产、生活、生存范围的各个方面，包括衣、食、住、行、休闲娱乐等各个领域及环节。城市生态安全问题是城市问题和安全问题的耦合，由于城市问题和安全问题本身的复杂性，使得城市生态安全问题变成更为复杂的系统问题。城市生态安全具有人群聚集性、生态脆弱性和社会敏感性。若把城市生态安全作为一个系统，它的危险性由于人群的聚集而被放大；由于系统的脆弱性而易受攻击和破坏；由于系统的社会敏感性而被激化。随着经济和社会的快速发展，我国城市化进程日益加快，由此带来的生态安全问题日益突出。既然城市生态安全是复杂的系统问题，城市安全就只有通过建立生态安全系统以及生态安全规划来实现。

5.4 当前主要城市生态安全问题

5.4.1 城市生态安全危机的案例

5.4.1.1 阿比让：非洲城市生态安全危机的生动描述

科特迪瓦的阿比让，虽然最初是一个浅滩上的小小村庄，但自从法国人将它选作为连接大西洋沿岸与尼日尔多条铁路的交汇点以来，于 1891 年就成为一个重要的中心城市。在 20 世纪的许多年里，这座城市蓬勃发展成为一个主要的港口和贸易中心。不过，由于地区的经济下滑，阿比让的繁荣已逐渐消失。目前，这座城市正面临着不断增加的城市贫困和生态环境状况恶化问题。1995 年阿比让约有 280 万人口，是非洲次撒哈拉地区第三大城市。不像非洲的许多城市仅有一些中心市场，阿比让有相当大的工业基地。此外，科特迪瓦也因它的政治稳定而受益。独立以后，菲利克斯统治了这个国家 33 年，直到 1993年将政权交给了科南。科特迪瓦的政权稳定同安哥拉内战和卢旺达种族冲突形成鲜明的对照。

另一方面，阿比让又是在整个非洲大陆上出现城市生态安全危机的突出代表。阿比让的问题反映了那些完全不同的城市的共性，如肯尼亚的内罗毕、赞比亚的卢萨卡、扎伊尔的金萨沙以及塞内加尔的达喀尔。这些城市都面临着城市人口急剧增长、城市服务设施（如供水和卫生设施）严重破损、城市生态环境质量急剧退化、艾滋病流行以及日益增长的社会紧张。由于地区的贫困现象不断扩大，使这些问题变得更加难以处理。

非洲城市生态安全危机的部分原因，应归因于地区的宏观经济效能很差。科特迪瓦在1975～1979 年之间国内生产总值的增长率平均为 9.2%；1980 年增长率下降为负值；在1986～1993 年之间，以平均 1% 的速度继续下降。在 1985～1988 年之间，阿比让家庭的平均收入下降 25%。近年来，由于经济结构调整的影响，使这一趋势变得更加严重。

尽管有经济危机，可是阿比让仍然同许多其他的非洲城市一样，继续以显著速度在扩大。蔓延非洲大陆的迅速城市化，似乎不可能立刻降低速度。在乡村和城市地区的出生率仍然很高。在阿比让的扩大中，移民也起了显著的作用。根据 1988 年的人口统计数据，阿比让人口的 37% 是在国外出生的。虽然同前几十年相比，人口增长率略有下降，但每天仍然要增加 400 个城市居民。

人口迅速增长已远远超过了政府提供城市服务的能力，不能获得自来水的人口，从1988 年的 80 万增加到 1993 年的 100 万，大约占总数的 38%。整个城市仅有 30% 的居民有下水道，55% 的居民有厕所和化粪坑。大多数的废水都排到市区污染非常严重的池塘里。在处理之前，城市的、工业的和危险的废物都混在一起，从而增加了危险性。

生活质量的恶化，对人体健康产生了有害的影响。例如，1978 年以来，全城的婴儿死亡率显著地增加。在阿比让，十分贫穷的人生活环境最坏。在贫民区，儿童的死亡率比富裕地区高 5 倍。城市卫生的基础设施也被忽视。尽管阿比让在这个国家中拥有最多的训练有素的医务人员，但是每 1 万个居民只有 2 个医生和 5 个护理人员。医药和保健费用对大多数人来说都太昂贵。由于面临艾滋病的威胁，对保健工作的需要，就变得更为紧迫。在阿比让，估计有 10% 的成年人带有 HIV 病毒。一份研究报告表明，在阿比让，与艾滋病有关的疾病，已成为成年人死亡的主要原因。

5.4.1.2　雅加达：生态环境恶化的挑战

印度尼西亚的雅加达是一座迅速工业化的特大城市，其中包含了许多相互矛盾的力量在起作用。毫无疑问，城市的现代化对国民经济发展起到了重要的作用。然而，生态环境破坏的问题又威胁到经济的繁荣和人们的健康。

同许多特大城市一样，雅加达是国家行政、财政、商业和教育的中心，对推动国家的经济增长发挥了重要作用。在 1980～1992 年之间，印度尼西亚国内生产总值的 7%、国内工业生产的 17％以及金融活动的 61％都集中在雅加达这座城市,其人均收入比全国的平均值高 70％。随着经济增长,雅加达在提高城市的生活质量和卫生保健方面都取得了重大的进展。1989 年,雅加达的婴儿死亡率比全国的平均值低 26.3％,只有 31.7‰;平均寿命为 66.5 岁,比全国的平均值高 4.5 岁。

然而,经济增长要付出代价,最突出的是环境污染不断增加。正如同许多其他特大城市一样,雅加达面临着严重的大气污染问题。周围空气中的颗粒物,每年超过卫生标准至少 173 天。汽车的排放物是有害污染的重要来源(占颗粒物的 44％,烃类的 89％,氮氧化物的 73％,铅的 100％)。随着经济增长对汽车需求的增加,大气污染更为严重。居民区排放出的 41％的颗粒物,大都是家庭燃烧固体废物和垃圾的循环使用系统排放出来的;工业生产排放的二氧化硫占最大的份额,为 63％。雅加达的大气污染导致了大量的呼吸道疾病患者。例如,呼吸道系统感染疾病的死亡率,占雅加达人口总死亡率的 12.6％,比国家的平均值高两倍。周围大气中的含铅量,经常超过卫生标准的 3～4 倍,增加了高血压和冠心病的发病率,同时导致儿童智商下降。

雅加达的水质量遭受工业和家庭污染的双重影响。卫生系统的主要设施,仍然是用开口的明沟排放所有的废水。然而,这种排水设施可能只适用于人口少于 50 万的城市(这是当初设计时确定的城市人口)。因此,这种设施不能处理目前 1150 万居民排出的废水。1989 年估计每天排放 20 万立方米的废水,大都未经处理,就排入城市区的河道中去了。尽管工业排放的废水日益受到人们的关注,但家庭排出的废水,估计占地表水污染的 80％。在一些地区,地下水受到来自家庭废水中硝酸盐和微生物以及工业填埋有毒物品渗透的污染。水污染影响人体健康和水生生物的生存。在雅加达腹泻造成 5 岁以下儿童死亡的占 20％。有机污染还造成雅加达湾中珊瑚礁的产量下降。雅加达湾的安格克(Angke)三角港中商业用鱼体内汞的含量,远远超过世界卫生组织规定的标准。

雅加达的地下水蓄水层也遭到过度开采和盐碱化威胁。至少该市人口的 30％依靠蓄水层提供家用水。由于缺乏限制开采地下水的严格管理制度,地下水的开采量超过了自然回灌的能力。由于地面下沉,城市的部分地区,在过去 15 年间已下沉了 30～70cm。城市区已扩展到雅加达西南和东南部的汇水区,从而进一步威胁到地下蓄水层。

对于雅加达 140 万贫民来说,最大的生态环境威胁仍然发生在家庭和邻近的地区。一项最近的调查发现,城市里贫困地区 31％的家庭既没有自来水,也没有其他干净的水供应。这种情况,对整个城市来说只有 12％。此外,最贫困家庭附近地带没有垃圾收集处,而更多的是许多人共用一个厕所。

5.4.2 我国目前城市生态安全主要问题

当前,我国正处在城市化的进程之中,城市数量和城市人口发展都很快,1989 年我国有城市 450 个,城市非农业人口 1.46 亿,占全国总人口的 13.1％,其中非农业人口 100 万～500 万的城市 28 个,超过 500 万人口的城市 2 个;2002 年底我国有城市 660 个;城市非农业人口 2.21 亿,占全国总人口的 17.1％,其中非农业人口 100 万～500 万的城市 42 个,超过 500 万人口的城市 3 个。短短的 13 年间,城市数增长 46.7％,100 万～500 万人口的城市和超过 500 万人口的城市均增长 50％,城市非农业人口增长 51.4％。城市人口由自然增长为主转向机械增长为主,即乡村剩余劳动力向城市转移。

城市经济的迅速发展和城市人口的迅速增加,带来了一系列城市生态问题。大气、水体、土壤和生态环境严重污染和破坏，环境事故、生态灾难、生态灾民及自然灾害频率的不断增加，生物多样性、水源涵养能力、生态服务功能及生态系统健康水平的持续下降给人民的身心健康、城市的生态环境状况及以经济社会的可持续发展能力造成了严重威胁。城市人口过密、淡水资源短缺、园林绿地面积不足、交通拥堵、环境污染严重、经济发展不平衡是当前我国城市面临的主要生态安全问题。

5.4.2.1　城市人口问题

我国 200 万人口以上城市的平均人口密度为 17935 人/km^2，20 万～50 万人口城市的平均人口密度为 10346 人/km^2。近几年来，中国城市人口密度随着城市规模的提高而上升的趋势比较明显。图 5.3 反映了辽宁省 14 个主要城市人口密度从 1990～2001 年的变化情况（数据来源于辽宁省城市统计年鉴，2002）。

辽宁省 14 个城市总的来说 1990～2001 年人口密度在递增。抚顺市 1999～2001 年、丹东市 2000～2001 年、铁岭市 2000～2001 年人口密度有较大幅度下降，主要是由于这三个城市行政区域划分改变导致行政区域土地面积增加造成的，而不是实质上的人口密度下降。抚顺市 1999 年行政区域土地面积由原来的 675km^2 增加到 714km^2；丹东市 2000 年行政区域土地面积由原来的 563km^2 增加到 834km^2；铁岭市 2000 年行政区域土地面积由原来的 312km^2 增加到 643km^2。

另外，城市区域内人口分布也非常不平衡。2002 年沈阳市城区人口密度为 1398 人/km^2，但市内五区的人口密度都超过 10000 人/km^2，沈河区人口密度已高达 33409 人/km^2，位居首位，接下来依次为和平区 29974 人/km^2、皇姑区 19770 人/km^2、铁西区 19600 人/km^2、大东区 13171 人/km^2，郊区人口密度均不超过 1000 人/km^2。

5.4.2.2　城市水资源问题

水是人类生存不可替代的重要资源，直接影响和制约着经济的发展和人类生活的改善。水的问题已经成为全球关注的一个重要问题。随着人类文明的进步，工业化与城市化进程不断加快，城市人口数量迅速增加，对水的需求量越来越大，需求洁净饮用水的呼声也越来越高。另一方面，由于对水资源的过量开采和经济的粗放型发展，造成了自然资源的严重浪费和生态环境的破坏，加上工业废水排放对水体的严重污染，使本来就十分有限的淡水资源更加紧张。全球性的水危机正在逼近。据有关统计：2000 年世界城市用水短缺约 1000×10^8 m^3，其中亚洲约占 60%。

城市水资源作为城市社会经济运行的重要物质基础，是城市生存和发展的命脉。在当今，城市生产力日益聚集化、城市服务日益社会化、城市功能日益多样化、城市在区域经济及国民经济发展中的地位日益突出的形势下，城市水资源在很大程度上决定着城市经济社会的发展程度及城市生态环境质量，直接威胁到人类的生存与发展，是城市生态安全的基本要素之一。

近 20 年来，我国由于经济的持续快速发展以及城市化进程加快，水资源短缺、供需矛盾尖锐、水污染加剧、地下水超采、用水效率低下是我国当前主要城市水资源问题。

① 水资源短缺，供水矛盾尖锐。我国是一个水资源并不丰富的国家，据《中国水资源公报》数据显示，2002 年全国水资源总量为 28255×10^8 m^3，居世界第六位。但人均水资源量仅为 2077m^3，尚不到世界平均水平的 1/5。我国现有城市水资源总量约 850×10^8 m^3，占全国水资源总量的 2.5%，其中地表水 69%，地下水 31%。我国的水资源时空

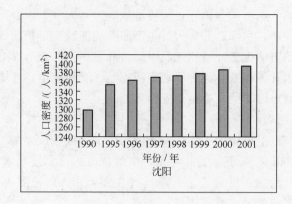

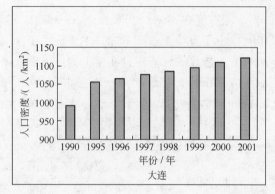

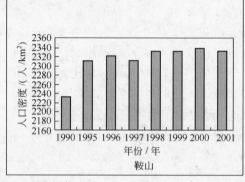

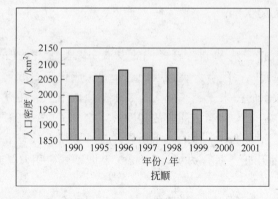

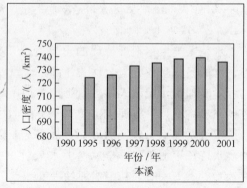

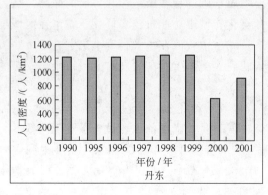

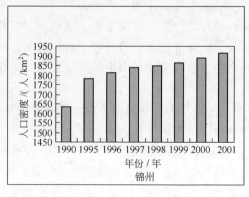

图 5.3 辽宁省各城市人口密度变化（一）

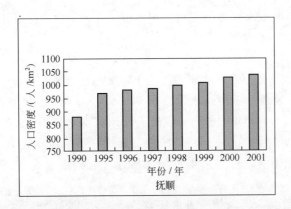

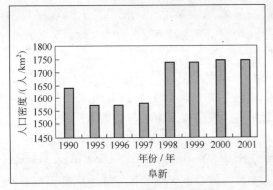

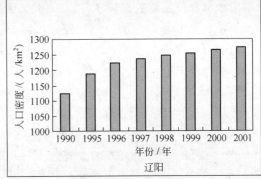

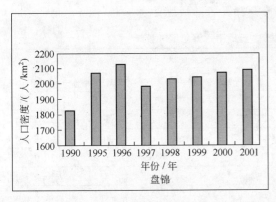

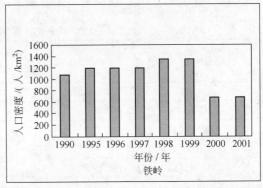

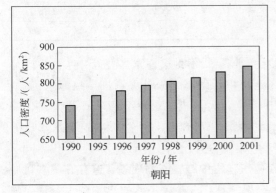

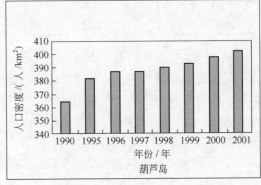

图 5.3　辽宁省各城市人口密度变化（二）

分布很不均匀，南北方城市水资源保证程度相差很大，人均水资源量相差 3.4 倍。南方城市供水以地表水为主，北方城市供水以开采地下水为主。

目前全国有 2/3 的城市常年处于供水不足状态。水资源污染、地下水超采和用水效率低下，进一步加剧了有限水资源的供需矛盾。目前我国 600 多个城市中，400 多个城市存在供水不足问题，其中比较严重的缺水城市达 110 个，全国城市缺水总量为 $60 \times 10^8 \, m^3$。据预测，2030 年中国人口将达到 16 亿，届时人均水资源量仅有 $1750 m^3$。在充分考虑节水情况下，预计用水总量为 $7000 \times 10^8 \sim 8000 \times 10^8 \, m^3$，要求供水能力比现在增长 $1300 \times 10^8 \sim 2300 \times 10^8 \, m^3$，全国实际可利用水资源量接近合理利用水量上限，水资源开发难度极大。

② 水污染加剧。目前，无论是地表水还是地下水，我国的水质污染都非常严重。据《中国水资源公报》数据显示，2002 年全国在 $12.3 \times 10^4 \, km$ 评价河长中，Ⅰ类水河长占 5.6%，Ⅱ类水河长占 33.1%，Ⅲ类水河长占 26.0%，Ⅳ类水河长占 12.2%，Ⅴ类水河长占 5.6%，劣Ⅴ类水河长占 17.5%。低于Ⅲ类水的河长占总评价河长的 35.3%。在评价的 24 个湖泊中，6 个湖泊部分水体受到污染，12 个湖泊污染严重，占所评价湖泊的 75%。由于大量城市污水未经处理直接排入水域，全国 90% 以上的城市水域受到不同程度的污染，水环境普遍恶化，近 50% 重点城镇的集中饮用水水源不符合取水标准。

③ 地下水超采。我国北方城市由于地表水资源不足，城市供水主要以开采地下水为主。地下水过量开采，造成地下水位下降，进而形成地下水降落漏斗。2002 年对 19 个省级行政区的地下水位降落漏斗进行了不完全调查，共统计漏斗 59 个，漏斗总面积 $6.8 \times 10^4 \, km^2$。1999 年，东北地区城市主要地下水降落漏斗统计情况见表 5.1。

表 5.1　1999 年东北地区城市主要地下水降落漏斗统计

漏斗名称	漏斗中心位置	漏斗周边埋深/m	漏斗面积/km²		漏斗中心水位深埋/m	
			上年末	当年末	上年末	当年末
哈尔滨市	重型机械厂	6.31	470	470	47.28	47.27
大庆市	西水源 248 号井	8.13	5130	5400	45.18	45.29
齐齐哈尔市	龙沙场	4.29	40	42	8.89	9.07
佳木斯市	东部造纸厂	4.46	30	40	9.58	10.01
沈阳市	铁西区造纸厂		94	98	21.35	16.92
辽阳市	首山蔡庄子		295	310	21.57	21.57
吉林红嘴子	红嘴养鸡场	18	45.4	37.6	127.80	110.00
吉林河夹信子	联合化工厂	20	52.5	43.3	58.38	48.00

地下水水位下降可引发地面塌陷、土壤沙化加剧、沿海地区海水入侵等一系列生态环境问题，造成区域整体生态环境的恶化。如大连市由于地下水采补失调，导致海水倒灌，地下水水质受到严重胁迫，同时水利工程受损严重，大量机井报废。辽宁省的大连、锦州、营口、盘锦、葫芦岛等沿海城市的海水倒灌面积达 $728 km^2$，严重影响地下水水质并给区域生态环境带来不利影响。

④ 用水效率低下。我国城市水资源供给和使用过程中跑冒滴漏现象普遍存在。多数城市用水器具和自来水管网的漏失率在 20% 以上。据统计，一个关不紧的水龙头一个月要浪费水 $6 m^3$；一个漏水马桶一个月要漏掉水 $20 m^3$。我国城市工业万元产值耗水量近 $200 m^3$，

而工业化国家仅为 20～30m³。工业用水的重复利用率我国为 30％～40％，而工业化国家为 75％～85％，日本、美国、德国的重复利用率已达到 90％以上。由此可见，我国面临的水资源形势是，一方面水资源短缺，另一方面经营粗放，浪费严重，利用效率低。

造成城市水资源问题的原因是多方面的，归纳起来有以下五种情况：①供水水源不足，其原因主要是水资源开发利用速度与社会经济发展的速度不一致，长期以来，没有很好地认识水资源问题，使一些地区社会经济发展水平超过了当地水资源所能承受的能力。部分城市在设计时，水资源保证率过低，造成水资源紧缺。②城市供水设施不足，城市发展过快，供水设施跟不上或供水设施老化。③水资源污染严重，造成城市缺水。在水资源保护方面，人为地将水量和水质割裂开来，水污染问题长期得不到有效的制止和治理。④工业布局不尽合理，盲目上耗水量大的项目。在生产布局上，忽视水资源这个基础条件，项目启动前，不对水资源进行论证或论证不充分，工程盲目上马，加剧了用水矛盾。⑤水资源管理不善，城市供水发展缺乏预见性，在城建工程运行方面忽视群众工程的综合效益，调度不够科学、合理。

5.4.2.3　城市经济发展不平衡

（1）国内生产总值（GDP）　GDP 是一个基本经济指标，用于计量经济水平和总量的大小，反映了商品和劳务的总生产量。这个量的增长是经济增长的基本内容。

表 5.2 给出了 2001 年我国直辖市及各省会城市（不包括拉萨、台北）的 GDP 及在全国各城市间的位次。可以看到，上海市以 4893.01 亿元排在第一位，西宁市以 101.21 亿元排在最后一位。上海市 GDP 是西宁市的 48.3 倍。从数据中可以明显看出我国经济发展的东西部差距。西部大开发的 12 个地区中，除重庆、成都、西安、昆明位于中游水平外，其余 8 个城市均排在最后。这 12 个城市 GDP 的总和还不及上海市一个城市的 GDP。

表 5.2　2001 年中国城市 GDP 及排名　　　　　　　　　　　单位：亿元

位次	城市	GDP	位次	城市	GDP
1	上海	4893.01	27	福州	507.34
2	北京	2697.94	28	长沙	468.87
3	广州	2448.99	29	石家庄	462.82
5	天津	1649.94	32	郑州	388.12
7	武汉	1347.80	36	南昌	343.58
8	杭州	1195.16	38	太原	328.87
9	沈阳	1057.15	41	乌鲁木齐	310.47
11	南京	981.75	42	兰州	306.48
13	重庆	879.82	44	合肥	269.29
14	济南	820.12	46	贵阳	249.00
16	成都	777.52	47	南宁	242.25
17	长春	732.62		呼和浩特	219.50
19	西安	634.94		海口	211.04
20	哈尔滨	633.65		银川	119.80
26	昆明	523.00		西宁	101.21

注：数据来源于 2002 年《中国城市统计年鉴》。

（2）基尼系数　20世纪初意大利经济学家基尼，根据洛伦茨曲线找出了判断分配平等程度的指标（如图 5.4 所示）。图中的横坐标为人口累计百分比，纵坐标为收入累计百分比。基尼系数表示分配的不平等程度。其表达式为：

$$基尼系数 = \frac{A}{A+B} \qquad (5.1)$$

式中，A 为实际收入分配曲线和收入分配绝对平等曲线之间的面积；B 为实际收入分配曲线右下方的面积。

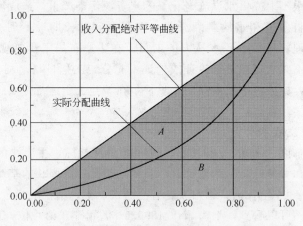

图 5.4　洛伦茨曲线

基尼系数可在 0 和 1 之间取任何值。如果 A 为 0，基尼系数为 0，表示收入分配完全平等；如果 B 为 0 则基尼系数为 1，表示收入分配绝对不平等。收入分配越是趋向平等，洛伦茨曲线的弧度越小，基尼系数也越小；反之，收入分配越是趋向不平等，洛伦茨曲线的弧度越大，那么基尼系数也越大。如果个人所得税能使收入均等化，那么，基尼系数将会变小。

表 5.3 给出 1981～1995 年，我国人均收入和人均收入省级平均值的基尼系数。将数据绘于图 5.5 中，可以清楚地看到从 1981～1995 年间，随着人均收入的持续上涨，基尼系数也在持续增大。

表 5.3　省级人均收入差异

年份	人均收入/元	基尼系数	年份	人均收入/元	基尼系数
1981	248	0.0988	1989	408	0.1394
1982	279	0.1003	1990	443	0.1452
1983	311	0.1057	1991	464	0.1407
1984	357	0.1123	1992	509	0.1484
1985	376	0.1106	1993	551	0.1629
1986	409	0.1198	1994	607	0.1685
1987	423	0.1271	1995	656	0.1670
1988	420	0.1326			

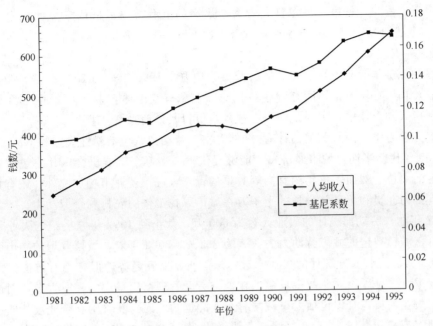

图 5.5　省级人均收入差距

表 5.4　2003 年中国大陆城镇居民人均可支配收入　　单位：元

位次	区域	城镇居民人均可支配收入	位次	区域	城镇居民人均可支配收入
1	上海	14867	17	河北	7239.1
2	北京	13882.6	18	新疆	7220.61
3	浙江	13180	19	内蒙古	7012.94
4	广东	12380.43	20	四川	7042
5	天津	10313	21	吉林	7005.1
6	福建	10000	22	山西	7005.03
7	江苏	9262	23	河南	6926.12
8	重庆	8094	24	江西	6901
9	西藏	8058	25	陕西	6806
10	广西	7785	26	安徽	6778
11	云南	7643.57	27	青海	6731.88
12	湖南	7674.2	28	黑龙江	6679
13	山东	7418.4	29	甘肃	6657.24
14	湖北	7322	30	贵州	6568.91
15	海南	7259	31	宁夏	6530
16	辽宁	7241			

　　根据国家统计局资料，2003 年全国城镇居民人均可支配收入为 8472 元。表 5.4 列出了中国大陆 31 个省、自治区、直辖市 2003 年城镇居民人均可支配收入分布情况。可以看出，位居全国前 5 位的地区分别是上海、北京、浙江、广东、天津；而位居后 5 位的地区

分别是宁夏、贵州、甘肃、黑龙江、青海。最高的上海市与最低的宁夏回族自治区相差8337元。上述情况表明，我国各省之间个人收入不平等的现象在逐年加剧。

5.4.2.4 城市失业率上升

中国的经济是劳动力剩余型经济。城市劳动力在1996年达到1.98亿，其中，57%在国有企业，15%在城市集体所有制企业，12%在私有或个体企业，其余的16%分布在多种所有制形式的企业中，主要是中资、中外合资以及外商独资企业。

城市劳动力中，国有部门估计有2800万富余劳动力（包括隐性失业和下岗工人）。在20世纪90年代前半期，城市经济每年能够提供700多万个就业机会，其中包括农村流动人口所占的岗位。然而，每年约有同等数量的青年人进入就业市场；此外，还有数以百万计的国有部门冗员和正日益增长的上千万在城市寻找工作的农村剩余劳动力。

1997年初，劳动部统计的失业人数为600万，截止到1997年末登记的失业人数上升到800万，城镇登记的城市劳动力失业率为3.1%。2003年末，城镇登记的城市劳动力失业率为4.3%。尽管官方统计的失业率近年来呈明显上升趋势，但其绝对数值仍大大低于实际失业率。这是因为这些数字只包括在地方劳动管理部门登记的失业人数，而遗漏了没有登记的失业人员，其中包括大量被国有企业辞退的工人。随着国有企业改革的进程，更多企业倒闭或辞退多余的工人，城市失业率将不可避免地进一步扩大。图5.6给出了1995～2001年沈阳市年末登记失业人员数的变化。可见从1995～1998年沈阳市失业人数在逐年增长，1999年略有回落后，2001年又达到了峰值，为13.37万人。

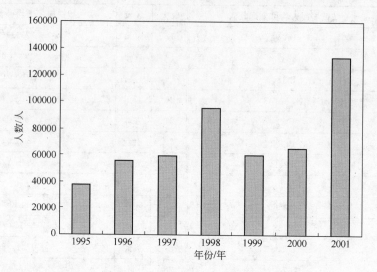

图5.6　沈阳市年末登记失业人数

失业率的上升既有宏观政策方面的原因，也有企业自身的问题。总之，城市失业率升高将引发一系列问题。

5.4.2.5 城市环境污染问题

我国城市环境污染一直比较严重。近年来，在各级政府和其他社会力量的共同努力下，城市环境保护工作虽然取得了一定的成效，但我国城市环境的总体情况仍然不容乐观，城市水和大气污染一直处于较高的水平，垃圾处理水平低，噪声污染较重，城市生态环境仍然面临着巨大的压力和挑战。

（1）**城市水污染状况**　我国城市污水排放一直保持着较高的水平，严重污染城市水体。根据《中国环境状况公报》，2002 年全国污水排放 $439 \times 10^8 m^3$，其中工业废水 $207 \times 10^8 m^3$，占废水排放总量的 47.2％；生活废水排放量 $232 \times 10^8 m^3$，占废水排放总量的 52.8％。由于受经济结构调整、产业技术进步和污染控制措施等综合因素的影响，我国工业废水排放量在总体上变化不大，增长幅度也相对较小。但是，随着城市化水平和城市生活水平的提高，城市生活用水量的需求不断增加，城市生活废水的排放量呈高速增长态势。1998 年与 1990 年相比，城市生活废水排放量增加了 85.5％；1998 年城市废水排放量为 $195 \times 10^8 m^3$，占全国废水排放总量的 49.4％，从 1998～2002 年的 5 年间，平均增长速度为 3.5％；1999 年全国城市生活污水排放量首次超过工业废水，成为城市水环境的主要污染源。

我国城市水环境面临的另一个主要问题是城市污水处理的总体水平低，污水处理率仅为 20％左右，大量城市生活和工业污水未经安全处理就直接排放，造成水体严重污染。城市水质监测结果表明，城市地表水体污染严重，水环境质量差。城市水体普遍受到有机污染，主要污染指标为 COD、BOD、氨氮、悬浮物和石油类等。1999 年在 141 个城市河段中，63.8％的河段受到严重污染，水体水质为 Ⅳ-Ⅴ 类；36.2％的城市河段污染程度较低，水体水质为 Ⅰ-Ⅲ 类。在全国 47 个环境保护重点城市的典型水域中，80.8％的水体水质处于Ⅲ类以上水体，不能作为城市饮用水源。

（2）**城市大气污染状况**　近年来，尽管我国城市空气质量有逐步改善的趋势，但城市的大气污染仍一直保持较高的水平。1999 年 337 个城市环境监测数据的统计结果表明：城市的大气污染问题普遍比较严重，空气质量满足国家二级标准的只有 33.1％；其中有 137 个城市的大气环境标准超过三级，占统计城市的 40.5％。城市大气污染主要表现为总悬浮颗粒物（TSP）、SO_2 和 NO_x 污染三个方面：TSP 是城市主要污染物，全国 60％以上的城市 TSP 浓度超过国家空气质量二级标准，北方城市 TSP 污染问题尤为突出；其次是 SO_2 污染问题，全国有 28.4％的城市 SO_2 浓度超过国家二级标准，西南和华东、华中一些城市的 SO_2 和酸雨污染问题比较严重；人口数量超过 100 万的大城市普遍存在 NO_x 污染问题。

城市大气污染主要以煤烟型为主，这与我国以煤为主的能源构成和消费结构密切相关。以煤烟型为主的大气污染导致酸雨的覆盖面积占国土面积的 30％，且呈现明显的区域特征。1998 年降水年均 pH 值低于 5.6 的城市占统计城市的 52.8％；73.3％的南方城市降水年均 pH 值低于 5.6。

随着我国国民经济的快速发展，人民生活水平不断提高，国民对汽车的需求量不断扩大，民用汽车拥有量大大扩展。2002 年，全国民用汽车拥有量已达到 2053 万辆。特别是北京、上海、广州等超大城市，机动车尾气引起的城市空气污染问题已经成为城市大气污染的首要原因之一。表 5.5 反映了上述 3 个城市中，大气污染物总量中汽车排放物所占的比例。

表 5.5　城市大气污染物总量中汽车排放物所占的比例/％

城市	一氧化碳（CO）	碳氢化合物（HC）	氮氧化物（NO_x）
北京	63	73	22
上海	69	37	—
广州	70	—	43

随着汽车工业的发展，车用油料需求量也迅速增加。1993 年我国汽油车用油 $2800 \times 10^4 t$，柴油车用油 $700 \times 10^4 t$，2000 年汽油、柴油需求量分别为 $3500 \times 10^4 t$ 和 $2100 \times 10^4 t$。由于汽车能源问题，对空气质量的负面作用非常明显。许多城市 CO 通常总体不超标，但交通干线 CO 超标；NO_x 在某些城市长期超标；某些城市观测到高浓度的 O_3。因此，我国城市随着汽车数量增加，流动源将成为城市主要污染源，若不及时加以控制，其污染增长速度不可遏制。而且我国城市人口密集，低空排放的机动车污染对人体危害更大。

（3）城市生活垃圾污染状况　城市生活垃圾是城市环境问题的又一重要方面，近几年的增长率一直保持在 6%～8% 的水平。据统计，2000 年全国 30 个省、自治区、直辖市（西藏和台湾地区、香港、澳门未统计）的城市生活垃圾清运量达 $1.18 \times 10^8 t$，垃圾处理量为 $0.49 \times 10^8 t$，处理率为 41.5%。但据有关专家分析，我国真正符合国际卫生标准的垃圾处理量仅占整个垃圾产生量的 10% 左右，垃圾处理中的二次污染问题比较普遍。

（4）城市噪声污染状况　城市噪声也是城市环境污染的一个重要方面。目前，城市噪声污染投诉在各类环境污染投诉中所占的比例最高，而且有逐年增加的趋势。近年来，我国在噪声监测与控制方面加大了力度，开展区域噪声监测的城市已由 1999 年的 159 个增加到 2003 年的 352 个，增长了 121%；区域噪声污染城市所占比例也由 1999 年的 61.1% 下降到 2003 年的 45.7%。目前，我国多数城市处于轻度噪声污染水平，全国 47 个环保重点城市中，21 个城市属轻度污染，占 44.7%。噪声污染源按其贡献率大小依次为建筑工地噪声、工业噪声、交通噪声和生活噪声。

5.5　城市生态安全评价指标体系

城市作为人类生存的主要聚落形式，对其进行生态安全评价研究具有重要意义。在充分分析城市生态安全主要问题的基础上，同时考虑数据易得与可操作性，以区域生态安全评价指标体系框架为平台，城市生态安全评价指标体系应包括表 5.6 中所列举的 29 个评价指标。

表 5.6　城市生态安全评价指标体系

序号	指标	序号	指标
C_1	每十万人中大专及以上人数	C_{16}	平均降水
C_2	人均国内生产总值	C_{17}	平均日照数
C_3	每万人从事科技活动人数	C_{18}	水资源总量
C_4	每万人拥有医生数	C_{19}	人口密度
C_5	基本医疗保险参保比例	C_{20}	城镇化率
C_6	供水综合生产能力	C_{21}	非独立人口比率
C_7	煤气供气总量	C_{22}	区域开发指数
C_8	环境污染治理投资占 GDP 比例	C_{23}	人均耕地面积
C_9	工业废水达标排放率	C_{24}	每万人拥有私人汽车量
C_{10}	工业 SO_2 处理率	C_{25}	能源消耗量
C_{11}	环境噪声达标面积	C_{26}	交通事故件数
C_{12}	生活垃圾无害化处理率	C_{27}	工业废水排放总量
C_{13}	第三产业增加值占 GDP 比例	C_{28}	工业 SO_2 排放总量
C_{14}	绿化覆盖率	C_{29}	失业率
C_{15}	水域面积率		

需要说明的是，29 个指标的选择充分考虑了指标数据的可获得性。社会经济指标主要来自于国家统计数据。资源指标既包括存量指标，也包括质量指标。环境指标的选择考虑到污染源排放指标与环境受体浓度指标是反映同一问题的两个方面，为尽量避免指标之间的重叠性，本指标体系所选的是污染源排放指标。另外，环境事故指标对于反映一个区域生态安全受破坏的程度也很重要，比如一次有毒气体泄漏事故的生态安全影响比工业 SO_2 排放的影响要大得多，但由于缺乏相关统计数据并且指标不易量化，故本书没有选取环境事故指标。

第6章 城市生态安全评价实例

生态安全评价在我国还刚刚开展，还没有出台有关的法规、条例和规范化的指南。结合前面的研究成果，本书运用模糊综合评价方法，以辽宁省14个主要城市为例，进行城市生态安全评价的实例研究，以期为生态安全评价工作的开展积累一些经验。

6.1 辽宁省城市状况概述

6.1.1 辽宁省城市布局

辽宁省位于我国东北地区南部，西南与河北省临界，西北与内蒙古自治区毗邻，东北与吉林省接壤，东南以鸭绿江为界与朝鲜民主主义人民共和国相望，南临黄海和渤海。辽东半岛向西南伸展与山东半岛相对。境内南北相距约550km，东西相距约550km，土地面积为14.95万平方千米，占全国面积的1.5%。其中山地丘陵约占全省总面积的60%，平原约占全省总面积的33%，水面及其他约占7%，大体是六山一水三分田。

辽宁历史悠久，是中华民族和中国古文化的发祥地之一。省域内约在四五千年前就形成了城市的萌芽，是我国较早形成城市的省份之一。1899年设立旅顺等3个沿海市，1902年设大连特别市，1923年设奉天市，1949年认定沈阳、大连、鞍山、抚顺、安东、锦州、营口、本溪、阜新、辽阳10市为地级市，旅顺为县级市，全省共有11个市。

新中国成立后，辽宁省的城市有了一定发展。截至2002年6月底，全省共有2个计划单列市、12个地级市、17个县级市、19个县、8个自治区、56个市辖区、619个镇和397个乡。将沈阳、大连、鞍山、抚顺、本溪、丹东、锦州、营口、阜新、辽阳、盘锦、铁岭、朝阳、葫芦岛14个主要城市分为四大类：第一类为重工业城市，如沈阳、鞍山、抚顺、本溪、葫芦岛、盘锦等；第二类为轻工业城市，如丹东、锦州、辽阳、朝阳、铁岭等；第三类为港口城市，如大连、营口；第四类为旅游城市，如大连。但这些市又都具有综合性，沈阳市综合性较强，是东北最大的商品集散地，又是全国著名的交通枢纽城市。大连市既是全国较大的港口城市，又是带有综合性的重工业城市和旅游城市。

辽宁省重工业基础雄厚，改革开放以来，城市二、三产业发展迅速，城市经济在全省经济中越来越显示出它的重要作用。据2000年统计，全省90%以上的大中型企业都集中在城市，已成为全省经济的主体。全省科学、文化、卫生机构多集中在城市，优势很突出，城市均已成为管辖区内的经济文化中心，对促进本地区的经济发展起到了积极作用。

6.1.2 辽宁省当前的主要城市问题

通过对辽宁省及其主要城市统计资料分析，可以将辽宁省当前城市问题的主要表现归纳为以下6方面。

① 城镇人口增长迅速，比例较大。辽宁省的城市和工业发展具有坚实的历史基础。

新中国成立后，国家充分利用这一基础，进行了大规模的重工业建设和布局，形成了以钢铁、机械、石油化工为主体的重工业基地，从而促进了城镇人口的迅速增长，加快了城市化进程。1949 年，全国城镇人口仅占总人口的 11.5%，而辽宁省则为 18.1%；2000 年末，全省总人口 4135.3 万，其中城镇人口为 2436.7 万，占 58.9%。辽宁城镇化水平始终高于全国的平均水平，是全国城市化最高的省区之一。辽宁省大中城市较多，小城市较少，城市规模等级结构不够协调。已有沈阳、大连、鞍山、抚顺 4 个特大城市（按非农人口 100 万以上），为全国各省之首。有 5 个大城市，并列居全国各省第 2 位。人口密度市际差异较大，中部、沿海人口密度高。

② 受结构性、机制性矛盾影响，经济发展遇到了很多困难。一是产业结构偏向重工业，所有制结构比较单一。国有和大中型非国有企业轻工业产值仅占工业总产值的 19.9%；国有经济比例偏大，民营经济增加值占国内生产总值的 43.4%。二是国有企业历史包袱沉重，负债率较高，富余人员多，经营机制不够灵活。全省地方国有平均企业资产负债率超过 70%，其中 308 户企业资不抵债。

③ 城镇失业下岗人员多，就业社会保障的压力大。全省国有和集体企业离岗职工合计 152 万人，城镇退休人员 290 万，城镇低保人员 165 万。

④ 经济基础在东、中、西三部呈现出实力、水平和密度上的梯度差异。辽宁中部、东部总体实力大体相当，工业结构上差异不大，但东部在出口加工方面具有优势；而辽西北地区经济基础薄弱，发展相对缓慢。

⑤ 辽宁省资源型城市比例较大，在全国居前列。目前，随着资源的枯竭，部分城市转型工作迫在眉睫。资源枯竭地区没有形成接续产业，经济发展和社会稳定受到严重影响。另外，水资源短缺是辽宁省各城市的主要问题之一，沈阳、大连都是严重缺水城市。

⑥ 环境污染和生态恶化尚未得到有效控制，城市园林绿地面积不足，国土整治任务繁重。

6.2　评价指标

6.2.1　基本数据

根据已经建立的城市生态安全评价指标体系，收集辽宁省 14 个主要城市 2001 年统计数据，各项指标值列于表 6.1 中。

6.2.2　数据标准化处理

生态安全评价是多指标综合评价，指标涉及范围广，指标间不可公度，即各个指标间没有公共的度量标准，难以进行比较。因此，在进行评价以前，需要将各指标值统一变换到 [0,1] 范围内，即对评价指标属性值进行无量纲化，这称为评价数据的标准化处理。标准化公式如下：

对于越大越安全的指标，利用公式

$$y_{ij} = (x_{ij} - \min x_i) / (\max x_i - \min x_i) \tag{6.1}$$

进行标准化处理；对于越小越安全的指标，利用公式

$$y_{ij} = (\max x_i - x_{ij}) / (\max x_i - \min x_i) \tag{6.2}$$

进行标准化处理。将所得的标准化数据合并到表 6.2 中。

表 6.1　城市生态安全评价指标数值

项目	沈阳	大连	鞍山	抚顺	本溪	丹东	锦州	营口	阜新	辽阳	盘锦	铁岭	朝阳	葫芦岛
C_1	11523	9185	4793	6392	6136	4477	1677	3662	4688	4963	5869	2959	3005	2679
C_2	1.7937	2.2279	1.8636	1.1403	1.1333	0.7742	0.7046	0.8459	0.3652	0.9932	2.4470	0.4614	0.2775	0.6822
C_3	168	239	52	34	52	28	43	10	17	45	50	12	17	18
C_4	30	25	23	20	20	18	16	17	18	20	23	19	13	15
C_5	8.85	16.95	2.05	5.03	9.28	5.95	12.05	5.05	2.75	10.78	8.43	1.67	1.79	3.84
C_6	202	128	174	131	148	53	94	49	33	82	45	19	25	30
C_7	29326	20297	10964	17021	26047	4075	4373	394	1595	2034	596	1277	1509	330
C_8	0.08	0.67	1.67	0.25	0.71	0.10	0.76	1.08	0.33	0.12	0.19	1.25	0.33	1.95
C_9	79.97	97.76	94.68	94.60	84.15	65.44	94.51	30.85	81.85	85.13	84.38	97.80	31.13	80.75
C_{10}	34.07	72.42	12.56	5.81	8.10	26.96	21.45	7.29	12.21	12.78	42.90	1.54	13.02	89.77
C_{11}	129	145	61	63	29	41	36	39	37	21	38	13	6	14
C_{12}	82.22	100.00	100.00	97.22	2.78	100.00	79.49	4.88	13.43	20.59	100.00	0.00	81.82	0.00
C_{13}	52.1	51.4	39.5	33.4	42.1	59.9	48.6	40.0	51.1	45.1	17.6	40.0	46.1	36.9
C_{14}	11.3	9.72	44.8	74.97	68.56	47.67	8.75	37.87	29.1	35.2	17.9	22.7	32.2	12.9
C_{15}	3.7	11.5	7.5	4.0	2.7	27.1	10.1	7.9	1.2	5.4	87.7	2.2	0.9	6.9
C_{16}	608.7	610.5	618.7	617.7	819.2	974.3	586.3	465.7	539.3	604.3	665.3	582.0	478.0	620.0
C_{17}	2120	2185	2486.5	2465	2308	2380	3000	2579	2868	2174	2867	2755	2815	2410
C_{18}	32.60	47.03	35.71	24.79	42.27	98.81	25.51	20.11	18.77	24.26	22.11	20.27	19.33	15.57
C_{19}	531	441	372	201	186	158	298	421	186	384	302	230	170	259
C_{20}	70.75	48.81	42.28	61.47	61.55	31.61	27.47	29.59	40.71	39.24	45.26	14.41	14.11	34.34
C_{21}	24.95	26.14	10.75	24.76	24.93	25.31	25.72	26.83	9.87	24.75	25.21	24.43	27.20	27.43
C_{22}	54.22	22.94	27.91	12.40	9.26	13.99	39.94	23.38	36.78	39.67	33.92	42.03	24.05	22.24
C_{23}	986.5	477.8	711.7	565.9	453.8	863.0	1318.4	527.8	1952.5	989.8	1081.7	1810.2	1407.6	837.8
C_{24}	98.1	109.8	125.2	33.7	77.4	54.9	33.6	39.8	44.5	96.6	125.6	42.4	19.5	32.1
C_{25}	640	649	2503	2507	847	315	322	289	796	1044	919	1041	786	1408
C_{26}	6482	4054	1896	522	466	1559	1335	962	3347	1480	1495	1823	747	1520
C_{27}	7414	31123	8302	9136	8364	3845	2022	2856	573	7271	1901	1548	1526	2785
C_{28}	33704	54355	58000	50185	49670	11269	33220	24582	23285	28160	10877	53077	24164	46433
C_{29}	1.94	1.47	1.71	1.47	1.41	1.28	0.67	1.72	1.82	0.93	1.56	0.64	2.37	0.80

表 6.2　标准化数据表

项目	沈阳	大连	鞍山	抚顺	本溪	丹东	锦州	营口	阜新	辽阳	盘锦	铁岭	朝阳	葫芦岛
C_1	1.00	0.76	0.32	0.48	0.45	0.28	0.00	0.20	0.31	0.33	0.43	0.13	0.13	0.10
C_2	0.70	0.90	0.73	0.40	0.39	0.23	0.20	0.26	0.04	0.33	1.00	0.08	0.00	0.19
C_3	0.69	1.00	0.18	0.10	0.18	0.08	0.14	0.00	0.13	0.15	0.17	0.01	0.03	0.03
C_4	1.00	0.71	0.59	0.41	0.41	0.29	0.18	0.24	0.29	0.41	0.59	0.35	0.00	0.12
C_5	0.47	1.00	0.02	0.22	0.50	0.28	0.68	0.22	0.07	0.60	0.44	0.00	0.01	0.14
C_6	1.00	0.60	0.85	0.61	0.70	0.19	0.41	0.16	0.08	0.34	0.14	0.00	0.03	0.06
C_7	1.00	0.69	0.37	0.58	0.89	0.13	0.14	0.00	0.04	0.06	0.01	0.03	0.04	0.00
C_8	0.00	0.32	0.85	0.09	0.34	0.01	0.36	0.53	0.13	0.02	0.06	0.63	0.13	1.00
C_9	0.73	1.00	0.95	0.95	0.80	0.52	0.95	0.00	0.76	0.81	0.80	1.00	0.00	0.75
C_{10}	0.37	0.80	0.12	0.05	0.07	0.29	0.23	0.07	0.12	0.13	0.47	0.00	0.13	1.00
C_{11}	0.88	1.00	0.40	0.41	0.17	0.25	0.22	0.24	0.22	0.11	0.23	0.05	0.00	0.06
C_{12}	0.82	1.00	1.00	0.97	0.03	1.00	0.79	0.05	0.13	0.21	1.00	0.00	0.82	0.00
C_{13}	0.82	0.80	0.52	0.37	0.58	1.00	0.73	0.53	0.79	0.65	0.00	0.53	0.67	0.46
C_{14}	0.04	0.01	0.54	1.00	0.90	0.59	0.00	0.44	0.31	0.40	0.04	0.21	0.35	0.06
C_{15}	0.03	0.12	0.08	0.04	0.02	0.30	0.10	0.08	0.00	0.05	1.00	0.01	0.00	0.07
C_{16}	0.28	0.28	0.30	0.30	0.70	1.00	0.24	0.00	0.14	0.27	0.39	0.23	0.02	0.30
C_{17}	0.00	0.07	0.42	0.39	0.21	0.30	1.00	0.52	0.85	0.06	0.85	0.72	0.79	0.33
C_{18}	0.20	0.38	0.24	0.11	0.32	1.00	0.12	0.05	0.04	0.10	0.08	0.06	0.05	0.00
C_{19}	0.00	0.24	0.43	0.88	0.92	1.00	0.62	0.29	0.92	0.39	0.61	0.81	0.97	0.73
C_{20}	1.00	0.61	0.50	0.84	0.84	0.31	0.24	0.27	0.47	0.44	0.55	0.01	0.00	0.36
C_{21}	0.14	0.07	0.95	0.15	0.14	0.12	0.10	0.03	1.00	0.15	0.13	0.17	0.01	0.00
C_{22}	1.00	0.30	0.41	0.07	0.00	0.11	0.68	0.31	0.61	0.68	0.55	0.73	0.33	0.29
C_{23}	0.36	0.02	0.17	0.07	0.00	0.27	0.58	0.05	1.00	0.36	0.42	0.91	0.14	0.26
C_{24}	0.26	0.15	0.00	0.87	0.45	0.67	0.87	0.81	0.76	0.27	0.00	0.78	1.00	0.88
C_{25}	0.84	0.84	0.00	0.00	0.75	0.99	0.99	1.00	0.77	0.66	0.72	0.66	0.78	0.56
C_{26}	0.00	0.40	0.76	0.99	1.00	0.82	0.86	0.92	0.52	0.83	0.83	0.77	0.95	0.82
C_{27}	0.78	0.00	0.75	0.72	0.74	0.89	0.95	0.93	1.00	0.78	0.96	0.97	0.97	0.93
C_{28}	0.52	0.08	0.00	0.17	0.18	0.99	0.53	0.71	0.74	0.63	1.00	0.10	0.72	0.75
C_{29}	0.25	0.52	0.38	0.52	0.55	0.63	0.98	0.38	0.32	0.83	0.47	1.00	0.00	0.91

6.3 评价指标模糊系统分析与优化

模糊数学是用数学方法来解决一些模糊问题。所谓模糊问题是指界线不清或隶属关系不明确的问题。在城市系统中，无论是宏观的还是微观的现象，都是处于社会、经济、生态环境这个大系统中。由于大系统的复杂性，决定了生态安全评价的不确定性和模糊性。另一方面，生态安全评价中"安全程度"的界线也是模糊的，人为地用特定的分级标准去评价安全程度是不确切的。本书采用模糊综合评价方法对城市生态安全评价进行一些探索性工作。

在处理城市生态安全评价问题时，各评价指标在不同时期，不同区域都可能发生变化，而且各指标之间又是相互联系、互相影响的。在绝大多数情况下，变量之间的关系比较复杂，要找出它们之间的确切关系往往是不可能的，通常把这种变量之间相互关系的不确定性称为相关的模糊性。本书利用模糊集方法对城市生态安全评价指标进行分析与处理，以便讨论各评价指标之间的相互关系，进而对城市生态安全评价指标进行判断与优化。

6.3.1 模糊系统分析方法

6.3.1.1 模糊集合的定义

在普通集合论中，对于论域 U 的子集 A 来讲，或者 $x \in A$，或者 $x \notin A$，非此即彼，二者必居其一。因此子集 A 可以由它的特征函数来描述，即

$$\mu_A(x) = \begin{cases} 1, x \in A \\ 0, x \notin A \end{cases} \tag{6.3}$$

将值域 $\{0,1\}$ 拓展为 $[0,1]$ 即可得到模糊集的定义。

定义 6.1：论域 $U = \{x\}$ 上的集合 A 由隶属函数（Membership function） $\mu_A(x)$ 来表征，其中 $\mu_A(x)$ 在闭区间 $[0,1]$ 中取值，$\mu_A(x)$ 的大小反映了 x 对于模糊集合 A 的隶属程度。

6.3.1.2 模糊集的运算

对于一个普通集合的基本运算有：并、交、补、包含关系等，但模糊集的基本运算有所不同，由于模糊集用隶属函数来表征。因此可用隶属函数运算来定义模糊集的运算。

定义 6.2：设 A，B 均是论域 U 上的模糊集，它们的并集 $A \cup B$、交集 $A \cap B$ 和补集 $\overline{A}$ 是由下列的隶属函数分别定义成的模糊集。

并集（OR） $\quad \mu_{A \cup B}(x) = \max(\mu_A(x), \mu_B(x)) = \mu_A(x) \vee \mu_B(x)$ $\tag{6.4}$

交集（AND） $\quad \mu_{A \cap B}(x) = \min(\mu_A(x), \mu_B(x)) = \mu_A(x) \wedge \mu_B(x)$ $\tag{6.5}$

补集（NOT） $\quad \overline{\mu_A}(x) = 1 - \mu_A(x)$ $\tag{6.6}$

其中：取大、取小运算 max 和 min 分别用 $\vee$、$\wedge$ 符号来表示。

6.3.1.3 模糊矩阵及其最大矩阵元

定义 6.3：将参数值 μ_{ik} 和 μ_{jk} 代入公式：

$$\gamma_{ij} = \begin{cases} \sum_{k=1}^{m} \mu_{ik} \cdot \mu_{jk}\,(i \neq j) \\ 1\,(i = j) \end{cases} \tag{6.7}$$

μ_{ik} 和 μ_{jk} 为第 i 或第 j 样本第 k 项的无量纲参数。由此构造的矩阵 $(\gamma_{ij})_{n \times n}$ 称为模糊矩阵。

根据由上式构造的模糊矩阵 $(\gamma_{ij})_{n \times n}$，求得最大矩阵元作为置信水平：

$$\lambda_i = \mathop{V}_{\substack{i \neq j \\ j=1}}^{n} (\gamma_{ij})_{n \times n} \tag{6.8}$$

由置信水平 λ_i 可以把杂乱无章的问题有序化。

6.3.1.4　模糊相关矩阵

定义 6.4：以隶属函数

$$\mu(r) = \left| \frac{\sum_{t=1}^{n} (x_t - \overline{x})(y_t - \overline{y})}{\sqrt{\sum_{t=1}^{n} (x_t - \overline{x})^2 \sum_{t=1}^{n} (y_t - \overline{y})^2}} \right| \tag{6.9}$$

表示各样本之间的相关程度。

根据定义 $\mu(r) \in [0, 1]$，取相关系数绝对值作为隶属度。为了便于分析，可用 "+"号的个数来表示相关程度，并分为强相关、相关、弱相关和不相关。其隶属度范围如表 6.3 所示。

表 6.3　隶属度范围与相关性关系

相关程度区间	名义尺度	符号
1~0.7	强相关	+++
0.7~0.4	相关	++
0.4~0.2	弱相关	+
0.2~0	不相关	0

经标准化处理过的变量列出参数矩阵，矩阵为 $n \times m$ 维，矩阵元为 a_{ik} $(i=1, 2, \cdots, n; k=1, 2, \cdots, m)$ 即：

$$\begin{bmatrix} a_{11} & a_{12} & \wedge & a_{1n} \\ a_{21} & a_{22} & \wedge & a_{2n} \\ M & M & & M \\ a_{n1} & a_{n2} & \wedge & a_{mn} \end{bmatrix} \tag{6.10}$$

定义 6.5：以相关隶属函数表征矩阵元，构造的矩阵为模糊相关矩阵，记为

$$\underset{\sim}{R}(\mu) = \begin{bmatrix} \mu_{11} & \mu_{12} & \wedge & \mu_{1n} \\ \mu_{21} & \mu_{22} & \wedge & \mu_{2n} \\ M & M & & M \\ \mu_{n1} & \mu_{n2} & \wedge & \mu_{nn} \end{bmatrix} \tag{6.11}$$

其中 $\mu_{ij} \in [0, 1]$

$$\mu_{ij} = \left| \frac{\sum\limits_{k=1}^{m} (a_{ik} - \overline{a_i})(a_{jk} - \overline{a_j})}{\sqrt{\sum\limits_{k=1}^{m} (a_{ik} - \overline{a_i})^2 \sum\limits_{k=1}^{m} (a_{jk} - \overline{a_j})^2}} \right| \tag{6.12}$$

其中，a_{ik} 为第 i 样本的第 k 项因素的参数；a_{jk} 为第 j 样本的第 k 项因素的参数，

$$\overline{a_i} = \frac{1}{m} \sum_{k=1}^{m} a_{ik}, i,j = 1,2,\cdots,m$$

$$\overline{a_j} = \frac{1}{m} \sum_{k=1}^{m} a_{jk}, i,j = 1,2,\cdots,m$$

μ_{ij} 为模糊矩阵的矩阵元，$\mu_{ij} \in [0,1]$。

模糊相关矩阵 $\underset{\sim}{R}$ 具有以下性质：①$\underset{\sim}{R}$ 矩阵具有有限元 $n \times n$；②$\mu_{ii} = \mu_{jj} = 1$（自反性）；③$\mu_{ij} = \mu_{ji}$（对称性）；④$\mu_{ij} \in [0,1]$（模糊性）。

6.3.1.5 模糊非相关矩阵

定义 6.6：以 $1 - \mu_{ij}$ 表示非相关矩阵 $\overline{\mu}_{ij}(r)$，以非相关隶属函数构造的矩阵为模糊非相关矩阵。

$$\overline{\mu}(r) = \frac{1 - \mu_{ij}}{2} \tag{6.13}$$

式中 μ_{ij} 与（6.12）式相同。

6.3.2 评价指标分析

6.3.2.1 构建模糊矩阵

将表 6.2 中的辽宁省 14 个城市各评价指标数值作为参数矩阵，以各评价指标为样本，$n = 29$，即 i，$j = 1$，2，$\cdots$，29；以城市的分布为项数指标，$m = 14$，即 $k = 1$，2，$\cdots$，14。将参数值 μ_{ik} 和 μ_{jk} 代入公式（6.7）得到 29 个评价指标的模糊矩阵，列于表 6.4 中。其矩阵元 γ_{ij} 是 0～1 之间的数值，满足自反性、对称性。因为该矩阵是以对角元为对称的实对称矩阵，故只列出三角矩阵。对称部分可由各矩阵元的对称位置找到。

6.3.2.2 评价指标影响程度分析

从表 6.4 给出的模糊矩阵中，求出每行的最大值，即 λ_i 置信水平。将各评价指标的置信水平依次排序列于表 6.5 中，用以反映评价指标对所评价区域城市生态安全的影响程度。

由于表 6.2 中的归一化数据反映的是"生态安全度"的概念，所以对于辽宁省 14 个城市生态安全的比较中，各指标的置信水平越高，对城市生态安全的影响程度越小；各指标的置信水平低，对城市生态安全的影响越大。

从表 6.5 中可以看出，对辽宁省城市生态安全影响较大的指标（置信水平小于 0.5）依次为水域面积率、水资源总量、每万人从事科技活动人数、非独立人口比率、工业 SO_2 处理率、煤气供气总量、平均降水量、环境污染治理投资占 GDP 比例、基本医疗保险参保比例、每十万人中大专及以上人数、每万人拥有医生数、人均耕地面积、供水综合生产能力和绿化覆盖率。其中，水域面积率、水资源总量、平均降水量、供水综合能力是反映

表 6.4　模糊矩阵

项目	C_1	C_2	C_3	C_4	C_5	C_6	C_7	C_8	C_9	C_{10}	C_{11}	C_{12}	C_{13}	C_{14}	C_{15}	C_{16}	C_{17}	C_{18}	C_{19}	C_{20}	C_{21}	C_{22}	C_{23}	C_{24}	C_{25}	C_{26}	C_{27}	C_{28}	C_{29}
C_1	1.000																												
C_2	0.304	1.000																											
C_3	0.208	0.216	1.000																										
C_4	0.315	0.345	0.213	1.000																									
C_5	0.240	0.278	0.197	0.259	1.000																								
C_6	0.298	0.319	0.203	0.327	0.252	1.000																							
C_7	0.273	0.256	0.194	0.275	0.217	0.319	1.000																						
C_8	0.124	0.182	0.075	0.173	0.122	0.174	0.110	1.000																					
C_9	0.432	0.502	0.281	0.511	0.426	0.483	0.380	0.383	1.000																				
C_{10}	0.178	0.221	0.147	0.191	0.194	0.156	0.130	0.178	0.338	1.000																			
C_{11}	0.269	0.283	0.214	0.284	0.234	0.278	0.248	0.125	0.388	0.176	1.000																		
C_{12}	0.376	0.463	0.259	0.418	0.345	0.414	0.314	0.201	0.661	0.269	0.368	1.000																	
C_{13}	0.349	0.333	0.229	0.382	0.338	0.372	0.299	0.281	0.672	0.259	0.319	0.540	1.000																
C_{14}	0.191	0.187	0.064	0.202	0.143	0.239	0.200	0.157	0.383	0.070	0.138	0.300	0.331	1.000															
C_{15}	0.083	0.153	0.043	0.106	0.091	0.055	0.028	0.038	0.162	0.089	0.063	0.188	0.076	0.043	1.000														
C_{16}	0.192	0.215	0.106	0.215	0.189	0.209	0.179	0.136	0.392	0.149	0.155	0.317	0.324	0.220	0.096	1.000													
C_{17}	0.174	0.231	0.078	0.227	0.190	0.180	0.102	0.246	0.505	0.163	0.147	0.409	0.410	0.225	0.133	0.192	1.000												
C_{18}	0.130	0.138	0.086	0.140	0.129	0.138	0.120	0.066	0.225	0.093	0.123	0.243	0.238	0.140	0.055	0.181	0.099	1.000											
C_{19}	0.281	0.300	0.122	0.316	0.266	0.289	0.227	0.312	0.702	0.239	0.210	0.529	0.598	0.417	0.135	0.357	0.535	0.215	1.000										
C_{20}	0.205	0.249	0.111	0.259	0.233	0.203	0.115	0.316	0.557	0.219	0.178	0.435	0.525	0.262	0.110	0.242	0.483	0.156	0.588	1.000									
C_{21}	0.126	0.143	0.066	0.161	0.066	0.158	0.095	0.135	0.300	0.057	0.113	0.202	0.226	0.147	0.032	0.102	0.197	0.063	0.236	0.179	1.000								
C_{22}	0.297	0.340	0.160	0.318	0.290	0.325	0.268	0.305	0.616	0.252	0.252	0.512	0.535	0.406	0.120	0.332	0.398	0.218	0.634	0.478	0.181	1.000							
C_{23}	0.150	0.149	0.078	0.197	0.136	0.129	0.079	0.160	0.419	0.117	0.120	0.230	0.325	0.123	0.072	0.145	0.325	0.073	0.359	0.328	0.179	0.211	1.000						
C_{24}	0.225	0.196	0.099	0.245	0.226	0.232	0.180	0.299	0.560	0.213	0.186	0.408	0.557	0.334	0.057	0.251	0.481	0.149	0.647	0.553	0.156	0.531	0.320	1.000					
C_{25}	0.374	0.391	0.243	0.416	0.412	0.348	0.282	0.301	0.713	0.317	0.327	0.629	0.759	0.237	0.117	0.103	0.025	0.061	0.112	0.116	0.037	0.128	0.058	0.048	1.000				
C_{26}	0.338	0.413	0.158	0.398	0.360	0.381	0.271	0.405	0.819	0.287	0.270	0.629	0.677	0.483	0.171	0.388	0.601	0.226	0.826	0.691	0.243	0.743	0.361	0.715	0.785	1.000			
C_{27}	0.392	0.433	0.177	0.465	0.353	0.413	0.289	0.416	0.879	0.310	0.305	0.663	0.759	0.455	0.186	0.402	0.673	0.227	0.862	0.742	0.304	0.707	0.481	0.777	0.891	1.000	1.000		
C_{28}	0.251	0.281	0.119	0.279	0.253	0.204	0.130	0.199	0.490	0.252	0.191	0.447	0.486	0.237	0.173	0.271	0.421	0.172	0.535	0.475	0.149	0.444	0.293	0.484	0.636	0.614	0.725	1.000	
C_{29}	0.262	0.317	0.157	0.329	0.319	0.295	0.211	0.330	0.706	0.264	0.231	0.424	0.524	0.282	0.117	0.305	0.411	0.174	0.565	0.503	0.164	0.485	0.331	0.507	0.605	0.684	0.719	0.429	1.000

表 6.5　置信水平

指　　标	置信水平	指　　标	置信水平
交通事故件数	1.0000	绿化覆盖率/%	0.4833
工业废水排放总量/万吨	1.0000	供水综合生产能力/(10^4t/d)	0.4828
能源消费量/万吨标准煤	0.8906	人均耕地面积/(m²/人)	0.4808
工业废水达标排放率	0.8787	每万人拥有医生数	0.4649
人口密度/(人/平方千米)	0.8617	每十万人中大专及以上人数	0.4317
每万人拥有私人汽车量	0.7771	基本医疗保险参保比例	0.4262
第三产业增加值占 GDP 的百分数	0.7585	环境污染治理投资占国内生产总值比例/%	0.4159
区域开发指数	0.7434	平均降水量/mm	0.4016
城镇化率/%	0.7424	煤气供气总量/10^4m³	0.3800
工业 SO_2 排放量/t	0.7245	工业 SO_2 处理率/%	0.3378
失业率/%	0.7189	非独立人口比率/%	0.3038
环境噪声达标面积/km²	0.7135	每万人从事科技活动人数	0.2808
平均日照数/h	0.6730	水资源总量/10^8m³	0.2432
生活垃圾粪便无害化处理率/%	0.6628	水域面积率/%	0.1879
人均国内生产总值	0.5018		

城市水资源的重要指标。由于辽宁省水资源短缺问题比较严重，所以这几个反映水资源的指标对城市生态安全的影响较大。工业 SO_2 处理率是指燃料废气和生产工艺废气经过各种废气处理设施去除的 SO_2 占排入大气 SO_2 总量的百分比，该指标对城市生态安全影响较大说明当前城市大气污染问题是普遍的。环境污染治理投资额是指城市用于环境污染治理的实际投资额，包括建设部系统的城市环境基础设施投资、老污染源工业污染治理投资、当年新建项目的污染治理投资，这一投资在 GDP 中所占的比例对于一个城市的污染状况能否好转起决定性作用。非独立人口比率是指城市中 14 岁以下、65 岁以上人口占城市总人口的比例，它反映了城市人口的年龄结构。煤气供气总量是指城市煤气企业向城市生产用户、家庭用户和其他用户供应的全部煤气量，包括人工煤气和天然气，该指标反映了城市能源结构以及城市基础设施状况。

6.3.2.3　评价指标模糊相关分析

各评价指标的模糊相关矩阵，列于表 6.6。表中用两种形式表示：对角轴的下部以相关系数表示，其对称的上半部分用符号（＋）表示相关程度。它们在同一表中的作用是等价的。可以看出，各评价指标之间的强相关关系（相关系数在 0.7 以上）共有 27 对，列于表 6.7 中。

强相关关系的相关系数都在 0.7 以上，所以可建立线性方程，由一种评价指标的参数值计算另一种评价指标的参数值。例如：水资源总量（C_{18}）与平均降水量（C_{16}）之间的关系为：

$$C_{18}=0.8448C_{16}-0.0721 \tag{6.14}$$

这样就可以将评价指标体系进行优化。但是由于指标之间相互关系很复杂，比如与评价指标 C_4（每万人拥有医生数）强相关的指标有 8 个；与 C_1（每十万人中大专及以上人

表 6.6　模糊相关矩阵

项目	C_1	C_2	C_3	C_4	C_5	C_6	C_7	C_8	C_9	C_{10}	C_{11}	C_{12}	C_{13}
C_1	1.000	++	+++	+++	++	+++	+++	++	+	+	+++	++	0
C_2	0.686	1.000	++	+++	+++	++	++	0	++	+	+++	++	+
C_3	0.821	0.656	1.000	+++	+++	++	++	+	+	++	+++	++	+
C_4	0.900	0.808	0.756	1.000	++	+++	++	+	++	0	++	+	0
C_5	0.464	0.519	0.708	0.431	1.000	+	+	+	+	+	+++	+	0
C_6	0.706	0.582	0.594	0.741	0.395	1.000	+++	0	+	0	+++	+	0
C_7	0.808	0.479	0.676	0.699	0.432	0.879	1.000	0	0	0	+	+	+
C_8	0.424	0.102	0.215	0.242	0.324	0.086	0.198	1.000	0	+	+	0	+
C_9	0.249	0.405	0.335	0.454	0.339	0.395	0.329	0.126	1.000	0	+	0	0
C_{10}	0.377	0.366	0.458	0.149	0.376	0.036	0.040	0.274	0.175	1.000	+	+	0
C_{11}	0.859	0.684	0.927	0.816	0.572	0.703	0.718	0.204	0.306	0.340	1.000	++	+
C_{12}	0.363	0.554	0.403	0.376	0.260	0.398	0.264	0.382	0.123	0.126	0.508	1.000	0
C_{13}	0.132	0.350	0.312	0.005	0.183	0.154	0.213	0.215	0.120	0.040	0.278	0.028	1.000
C_{14}	0.032	0.192	0.371	0.159	0.289	0.218	0.247	0.128	0.089	0.581	0.215	0.047	0.036
C_{15}	0.069	0.564	0.014	0.200	0.172	0.198	0.076	0.247	0.059	0.258	0.020	0.394	0.579
C_{16}	0.141	0.155	0.017	0.346	0.186	0.179	0.263	0.203	0.099	0.087	0.024	0.205	0.217
C_{17}	0.655	0.363	0.536	0.542	0.387	0.580	0.626	0.069	0.144	0.278	0.532	0.014	0.300
C_{18}	0.201	0.133	0.205	0.156	0.223	0.186	0.232	0.275	0.014	0.062	0.252	0.407	0.540
C_{19}	0.566	0.595	0.636	0.687	0.478	0.525	0.346	0.046	0.085	0.258	0.672	0.141	0.041
C_{20}	0.819	0.601	0.534	0.734	0.397	0.787	0.825	0.298	0.392	0.125	0.634	0.225	0.069
C_{21}	0.000	0.020	0.062	0.143	0.375	0.167	0.041	0.136	0.275	0.295	0.028	0.010	0.087
C_{22}	0.169	0.074	0.210	0.374	0.069	0.052	0.084	0.131	0.201	0.039	0.159	0.052	0.079
C_{23}	0.274	0.367	0.230	0.102	0.276	0.421	0.425	0.048	0.294	0.195	0.281	0.302	0.084
C_{24}	0.601	0.878	0.556	0.790	0.429	0.543	0.378	0.102	0.410	0.188	0.514	0.362	0.202
C_{25}	0.052	0.205	0.142	0.142	0.374	0.341	0.159	0.298	0.410	0.138	0.008	0.199	0.437
C_{26}	0.733	0.382	0.761	0.733	0.290	0.432	0.466	0.199	0.232	0.328	0.758	0.191	0.410
C_{27}	0.605	0.574	0.839	0.515	0.681	0.507	0.582	0.035	0.355	0.397	0.769	0.341	0.216
C_{28}	0.244	0.204	0.335	0.333	0.104	0.569	0.554	0.360	0.530	0.199	0.359	0.020	0.010
C_{29}	0.399	0.181	0.199	0.192	0.217	0.208	0.253	0.356	0.550	0.179	0.273	0.345	0.059

续表

项目	C_{14}	C_{15}	C_{16}	C_{17}	C_{18}	C_{19}	C_{20}	C_{21}	C_{22}	C_{23}	C_{24}	C_{25}	C_{26}	C_{27}	C_{28}	C_{29}
C_1	0	0	0	+	0	+	+	0	0	+	+	0	+	+	+	+
C_2	0	+	0	+	0	+	+	0	0	+	+	0	+	+	+	0
C_3	+	0	0	+	0	+	+	0	+	+	+	0	+	+	+	0
C_4	0	+	0	+	0	+	+	0	0	0	+	+	+	+	+	0
C_5	+	0	0	+	0	+	+	0	0	+	+	+	+	+	0	+
C_6	0	0	0	+	+	+	+	0	0	+	+	0	+	+	+	+
C_7	0	0	+	0	0	+	+	0	0	+	+	+	+	+	+	+
C_8	0	0	+	0	0	0	0	0	0	+	+	0	+	0	+	+
C_9	+	0	0	0	0	+	0	0	0	+	+	+	+	+	0	+
C_{10}	+	0	+	+	+	+	+	0	0	+	+	+	+	+	0	0
C_{11}	0	+	+	0	+	0	0	0	+	0	0	0	+	+	0	+
C_{12}	0	+	0	+	+	+	0	0	0	0	+	+	+	0	+	0
C_{13}	0	+	+	+	+	+	0	0	+	+	+	0	+	+	0	0
C_{14}	1.000	+	0	+	+	+	0	0	+	+	+	+	+	0	0	0
C_{15}	0.257	1.000	+	+	+	0	+	0	+	0	+	0	+	+	0	0
C_{16}	0.353	0.275	1.000	+	+	+	0	0	0	+	+	+	+	+	+	0
C_{17}	0.211	0.263	0.339	1.000	+	+	0	0	0	+	+	0	+	+	0	+
C_{18}	0.256	0.126	0.845	0.368	1.000	+	+	0	+	+	+	+	+	0	0	0
C_{19}	0.454	0.004	0.039	0.462	0.157	1.000	+	0	+	+	+	+	+	+	0	0
C_{20}	0.266	0.056	0.273	0.586	0.109	0.356	1.000	0	0	0	0	0	+	+	+	0
C_{21}	0.140	0.132	0.096	0.198	0.062	0.071	0.101	1.000	0	0	+	+	+	+	0	0
C_{22}	0.676	0.014	0.422	0.148	0.386	0.515	0.058	0.160	1.000	0	+	0	+	0	0	+
C_{23}	0.398	0.010	0.178	0.539	0.252	0.204	0.336	0.411	0.645	1.000	+	+	0	+	0	+
C_{24}	0.157	0.458	0.217	0.414	0.176	0.565	0.496	0.237	0.216	0.181	1.000	0	+	+	0	+
C_{25}	0.465	0.110	0.082	0.118	0.228	0.096	0.281	0.411	0.216	0.176	0.179	1.000	+	0	+	0
C_{26}	0.529	0.097	0.108	0.371	0.066	0.627	0.422	0.193	0.619	0.235	0.395	0.201	1.000	+	0	+
C_{27}	0.041	0.110	0.085	0.597	0.271	0.429	0.417	0.106	0.219	0.480	0.464	0.087	0.353	1.000	+	0
C_{28}	0.276	0.486	0.110	0.273	0.101	0.173	0.258	0.207	0.092	0.172	0.200	0.528	0.075	0.539	1.000	0
C_{29}	0.174	0.017	0.236	0.017	0.010	0.090	0.230	0.244	0.099	0.313	0.132	0.041	0.236	0.057	0.117	1.000

表 6.7　强相关关系指标

序号	相关指标 1	相关指标 2
1	C_1 每十万人中大专及以上人数	C_3 人均国内生产总值
2	C_1 每十万人中大专及以上人数	C_4 每万人拥有医生数
3	C_1 每十万人中大专及以上人数	C_6 供水综合能力
4	C_1 每十万人中大专及以上人数	C_7 煤气供气总量
5	C_1 每十万人中大专及以上人数	C_{11} 环境噪声达标面积
6	C_1 每十万人中大专及以上人数	C_{20} 城镇化率
7	C_1 每十万人中大专及以上人数	C_{26} 交通事故件数
8	C_2 人均国内生产总值	C_4 每万人拥有医生数
9	C_2 人均国内生产总值	C_{24} 每万人拥有私人汽车量
10	C_3 每万人从事科技活动人数	C_4 每万人拥有医生数
11	C_3 每万人从事科技活动人数	C_5 基本医疗保险参保比例
12	C_3 每万人从事科技活动人数	C_{11} 环境噪声达标面积
13	C_3 每万人从事科技活动人数	C_{26} 交通事故件数
14	C_3 每万人从事科技活动人数	C_{27} 工业废水排放总量
15	C_4 每万人拥有医生数	C_6 供水综合生产能力
16	C_4 每万人拥有医生数	C_{11} 环境噪声达标面积
17	C_4 每万人拥有医生数	C_{20} 城镇化率
18	C_4 每万人拥有医生数	C_{24} 每万人拥有私人汽车量
19	C_4 每万人拥有医生数	C_{26} 交通事故件数
20	C_6 供水综合生产能力	C_7 环境噪声达标面积
21	C_6 供水综合生产能力	C_{11} 环境噪声达标面积
22	C_6 供水综合生产能力	C_{20} 城镇化率
23	C_7 煤气供气总量	C_{11} 环境噪声达标面积
24	C_7 煤气供气总量	C_{20} 城镇化率
25	C_{11} 环境噪声达标面积	C_{26} 交通事故件数
26	C_{11} 环境噪声达标面积	C_{27} 工业废水排放总量
27	C_{16} 平均降水量	C_{18} 水资源总量

数)、C_{11}（环境噪声达标面积）强相关的指标各有 7 个；与 C_3（每万人从事科技活动人数）强相关的指标有 6 个。所以很难建立简单的对应关系。

6.3.2.4　评价指标模糊聚类分析

根据公式（6.13）建立模糊非相关矩阵，列于表 6.8。根据模糊非相关矩阵数值，可以绘制 29 个评价指标的最小支撑树图（见图 6.1）。

用逐次抹去最大边的方法，可以将相距最近的指标分为同一类，再结合表 6.7 中各评价指标间的强相关关系，可以对 29 个评价指标进行优化，得到 20 个评价指标，列于表 6.9 中。

表6.8 模糊非相关矩阵

项目	C_1	C_2	C_3	C_4	C_5	C_6	C_7	C_8	C_9	C_{10}	C_{11}	C_{12}	C_{13}	C_{14}	C_{15}	C_{16}	C_{17}	C_{18}	C_{19}	C_{20}	C_{21}	C_{22}	C_{23}	C_{24}	C_{25}	C_{26}	C_{27}	C_{28}	C_{29}
C_1	0																												
C_2	0.157	0																											
C_3	0.089	0.172	0																										
C_4	0.050	0.096	0.122	0																									
C_5	0.268	0.241	0.146	0.284	0																								
C_6	0.147	0.209	0.203	0.129	0.303	0																							
C_7	0.096	0.260	0.162	0.151	0.284	0.060	0																						
C_8	0.288	0.449	0.392	0.379	0.338	0.457	0.401	0																					
C_9	0.376	0.298	0.332	0.273	0.331	0.303	0.335	0.437	0																				
C_{10}	0.311	0.317	0.271	0.426	0.312	0.482	0.480	0.363	0.412	0																			
C_{11}	0.071	0.158	0.036	0.092	0.214	0.148	0.141	0.398	0.347	0.330	0																		
C_{12}	0.318	0.223	0.298	0.312	0.370	0.301	0.368	0.309	0.438	0.437	0.246	0																	
C_{13}	0.434	0.325	0.344	0.497	0.409	0.423	0.393	0.392	0.440	0.480	0.361	0.486	0																
C_{14}	0.484	0.404	0.315	0.421	0.355	0.391	0.376	0.436	0.455	0.209	0.392	0.477	0.482	0															
C_{15}	0.466	0.218	0.493	0.400	0.414	0.401	0.462	0.376	0.470	0.371	0.490	0.303	0.210	0.372	0														
C_{16}	0.429	0.423	0.491	0.327	0.407	0.410	0.369	0.398	0.451	0.456	0.488	0.490	0.391	0.324	0.363	0													
C_{17}	0.173	0.319	0.232	0.229	0.307	0.210	0.187	0.466	0.428	0.361	0.234	0.397	0.350	0.395	0.368	0.331	0												
C_{18}	0.400	0.434	0.397	0.422	0.389	0.407	0.384	0.362	0.493	0.469	0.374	0.296	0.230	0.372	0.437	0.077	0.316	0											
C_{19}	0.217	0.203	0.182	0.156	0.261	0.237	0.327	0.477	0.457	0.371	0.164	0.429	0.479	0.273	0.498	0.481	0.269	0.421	0										
C_{20}	0.091	0.200	0.233	0.133	0.301	0.107	0.088	0.351	0.304	0.437	0.183	0.387	0.465	0.367	0.472	0.363	0.207	0.446	0.322	0									
C_{21}	0.500	0.490	0.469	0.428	0.312	0.417	0.479	0.432	0.362	0.352	0.486	0.495	0.457	0.430	0.434	0.452	0.401	0.469	0.465	0.449	0								
C_{22}	0.415	0.463	0.395	0.313	0.466	0.474	0.458	0.434	0.400	0.481	0.420	0.474	0.460	0.162	0.493	0.289	0.426	0.307	0.242	0.471	0.420	0							
C_{23}	0.363	0.316	0.385	0.449	0.362	0.290	0.287	0.476	0.353	0.402	0.360	0.349	0.458	0.301	0.495	0.411	0.231	0.374	0.398	0.332	0.295	0.177	0						
C_{24}	0.200	0.061	0.222	0.105	0.285	0.228	0.311	0.449	0.295	0.406	0.243	0.319	0.399	0.421	0.271	0.391	0.293	0.412	0.218	0.252	0.382	0.392	0.410	0					
C_{25}	0.474	0.397	0.429	0.429	0.313	0.330	0.420	0.351	0.295	0.431	0.496	0.400	0.281	0.268	0.445	0.459	0.441	0.386	0.452	0.359	0.295	0.392	0.412	0.411	0				
C_{26}	0.133	0.309	0.119	0.133	0.355	0.284	0.267	0.401	0.384	0.336	0.121	0.405	0.295	0.236	0.451	0.446	0.315	0.467	0.187	0.289	0.403	0.190	0.383	0.303	0.399	0			
C_{27}	0.197	0.213	0.081	0.243	0.160	0.246	0.209	0.483	0.322	0.302	0.116	0.329	0.392	0.479	0.445	0.458	0.202	0.365	0.286	0.292	0.447	0.391	0.260	0.268	0.456	0.323	0		
C_{28}	0.378	0.398	0.333	0.334	0.448	0.216	0.223	0.320	0.235	0.401	0.320	0.490	0.495	0.362	0.257	0.445	0.363	0.449	0.414	0.371	0.397	0.454	0.414	0.400	0.236	0.463	0.231	0	
C_{29}	0.300	0.409	0.401	0.404	0.391	0.396	0.373	0.322	0.225	0.411	0.364	0.327	0.470	0.413	0.491	0.382	0.491	0.495	0.455	0.385	0.378	0.451	0.344	0.434	0.479	0.382	0.471	0.441	0

表 6.9　优化的评价指标体系

项目	沈阳	大连	鞍山	抚顺	本溪	丹东	锦州	营口	阜新	辽阳	盘锦	铁岭	朝阳	葫芦岛
C_2	0.70	0.90	0.73	0.40	0.39	0.23	0.20	0.26	0.04	0.33	1.00	0.08	0.00	0.19
C_5	0.47	1.00	0.02	0.22	0.50	0.28	0.68	0.22	0.07	0.60	0.44	0.00	0.01	0.14
C_8	0.00	0.32	0.85	0.09	0.34	0.01	0.36	0.53	0.13	0.02	0.06	0.63	0.13	1.00
C_9	0.73	1.00	0.95	0.95	0.80	0.52	0.95	0.00	0.76	0.81	0.80	1.00	0.00	0.75
C_{10}	0.37	0.80	0.12	0.05	0.07	0.29	0.23	0.07	0.12	0.13	0.47	0.00	0.13	1.00
C_{12}	0.82	1.00	1.00	0.97	0.03	1.00	0.79	0.05	0.13	0.21	1.00	0.00	0.82	0.00
C_{13}	0.82	0.80	0.52	0.37	0.58	1.00	0.73	0.53	0.79	0.65	0.00	0.53	0.67	0.46
C_{14}	0.04	0.01	0.54	1.00	0.90	0.59	0.00	0.44	0.31	0.40	0.04	0.21	0.35	0.06
C_{15}	0.03	0.12	0.08	0.04	0.02	0.30	0.10	0.08	0.00	0.05	1.00	0.01	0.00	0.07
C_{16}	0.28	0.28	0.30	0.30	0.70	1.00	0.24	0.00	0.14	0.27	0.39	0.23	0.02	0.30
C_{17}	0.00	0.07	0.42	0.39	0.21	0.30	1.00	0.52	0.85	0.06	0.85	0.72	0.79	0.33
C_{19}	0.00	0.24	0.43	0.88	0.92	1.00	0.62	0.29	0.92	0.39	0.61	0.81	0.97	0.73
C_{20}	1.00	0.61	0.50	0.84	0.84	0.31	0.24	0.27	0.47	0.44	0.55	0.01	0.02	0.36
C_{21}	0.14	0.07	0.95	0.15	0.14	0.12	0.10	0.03	1.00	0.15	0.13	0.17	0.01	0.00
C_{22}	1.00	0.30	0.41	0.07	0.00	0.11	0.68	0.31	0.61	0.68	0.55	0.73	0.33	0.29
C_{23}	0.36	0.02	0.17	0.07	0.00	0.27	0.58	0.05	1.00	0.36	0.42	0.91	0.14	0.26
C_{25}	0.84	0.84	0.00	0.07	0.75	0.99	0.99	1.00	0.77	0.66	0.72	0.66	0.78	0.56
C_{26}	0.00	0.40	0.76	0.99	1.00	0.82	0.86	0.92	0.52	0.83	0.83	0.77	0.95	0.82
C_{28}	0.52	0.08	0.00	0.17	0.18	0.99	0.53	0.71	0.74	0.63	1.00	0.10	0.72	0.75
C_{29}	0.25	0.52	0.38	0.52	0.55	0.63	0.98	0.38	0.32	0.83	0.47	1.00	0.00	0.91

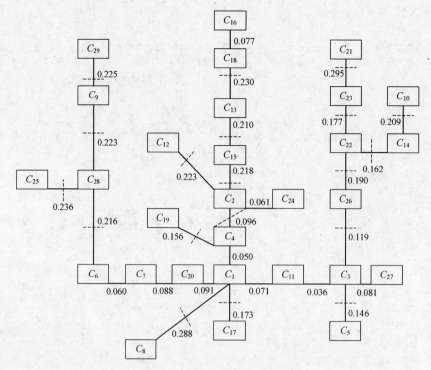

图 6.1　29 个指标的最小支撑树

6.4　城市生态安全模糊系统聚类分析

将表 6.2 作为参数矩阵，以各城市为样本，$n=14$，即 $i, j=1, 2, \cdots, 14$；以评价

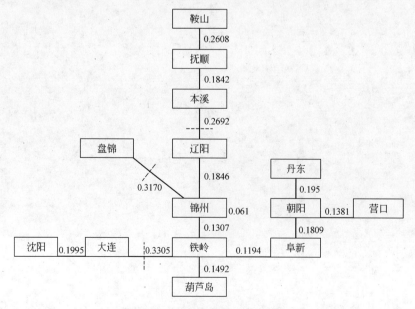

图 6.2　14 个城市的最小支撑树

指标为项数，$m=29$，即 $k=1$，2，$\cdots$，29。按照前面的方法可以得到 14 个城市的最小支撑树图（见图 6.2）。

用逐次抹去最大边的方法，可以将 14 个城市按其生态安全特征分为 4 类，其中，沈阳、大连为 1 类；本溪、抚顺、鞍山为 1 类；盘锦为 1 类；其余城市为 1 类。

6.5　城市生态安全模糊综合评价实例

6.5.1　评价模型

综合评价是因素权重向量与模糊矩阵合成的结果，即

$$Y = R \cdot X = (y_1, y_2, \cdots, y_n)^T \tag{6.15}$$

式中，Y 为评价向量；R 为标准化的评价指标矩阵；X 为评价权重向量。

在这里采用置信水平权重法，以模糊相似矩阵最大矩阵元作为置信水平 λ，从所评价系统的主要生态安全影响出发，系统地、综合地表征评价因素的权重。

根据模糊矩阵最大矩阵元定理，按照公式（6.8）求得置信水平 λ，各评价因素的权重由下式获得：

$$W_i = \frac{1 - \lambda_i}{\sum\limits_{i=1}^{n} 1 - \lambda_i} \tag{6.16}$$

"$R \cdot X$" 采用加权平均型计算，即：

$$\begin{pmatrix} (\gamma_{11} \cdot x_{11}) + (\gamma_{21} \cdot x_{12}) + \wedge + (\gamma_{n1} \cdot x_{1n}) \\ (\gamma_{12} \cdot x_{11}) + (\gamma_{22} \cdot x_{12}) + \wedge + (\gamma_{n2} \cdot x_{1n}) \\ (\gamma_{n1} \cdot x_{11}) + (\gamma_{n2} \cdot x_{12}) + \wedge + (\gamma_{nn} \cdot x_{1n}) \end{pmatrix} \tag{6.17}$$

6.5.2　评价因素权重

利用公式（6.16），求得各评价指标权重，列于表 6.10 中。

表 6.10　评价指标权重

指标	权重	指标	权重	指标	权重	指标	权重
C_2	0.064	C_{12}	0.043	C_{17}	0.042	C_{23}	0.067
C_5	0.074	C_{13}	0.031	C_{19}	0.018	C_{25}	0.014
C_8	0.075	C_{14}	0.066	C_{20}	0.033	C_{26}	0
C_9	0.016	C_{15}	0.104	C_{21}	0.089	C_{28}	0.035
C_{10}	0.085	C_{16}	0.077	C_{22}	0.033	C_{29}	0.036

6.5.3　评价结果

经计算得到的评价向量：

$Y = (0.359, 0.383, 0.422, 0.325, 0.347, 0.469, 0.423, 0.268, 0.423, 0.342, 0.543, 0.315, 0.239, 0.366)^T$。

根据评价结果，可以对辽宁省 14 个城市生态安全状况排序，见图 6.3。可见，在这

14个城市中，盘锦市生态安全状态最佳，而朝阳市生态安全状态最差，生态安全由好到差总的顺序为：盘锦、丹东、阜新、锦州、鞍山、大连、葫芦岛、沈阳、本溪、辽阳、抚顺、营口、铁岭、朝阳。这一评价结果比较真实地反映了辽宁省14个城市的生态安全状况。

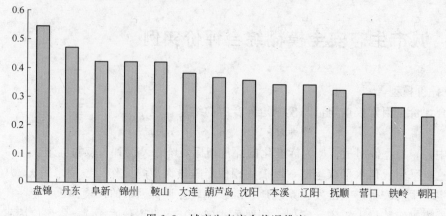

图 6.3　城市生态安全状况排序

按照评价向量可以将评价结果分为 3 级：$y \geqslant 0.45$ 为 Ⅰ 级，$0.3 \leqslant y < 0.45$ 为 Ⅱ 级，$y < 0.3$ 为 Ⅲ 级。分级结果列于表 6.11 中。

表 6.11　分级结果

城市	安全等级	城市	安全等级
沈阳	Ⅱ	营口	Ⅱ
大连	Ⅱ	阜新	Ⅱ
鞍山	Ⅱ	辽阳	Ⅱ
抚顺	Ⅱ	盘锦	Ⅰ
本溪	Ⅱ	铁岭	Ⅲ
丹东	Ⅰ	朝阳	Ⅲ
锦州	Ⅱ	葫芦岛	Ⅱ

盘锦、丹东的生态安全状况为Ⅰ级，这是与这 2 座城市近年来经济、社会持续稳定发展以及生态环境保护密切相关的。2001 年盘锦市人均 GDP 为 2.447 万元，在 14 个城市中，排名第一；工业 SO_2 排放量最少，且三废处理率较高；城市水资源丰富，生态环境状况好。在 14 个城市中，丹东市人口密度是最低的，人口压力小；第三产业增加值占GDP 比例最大，说明经济发展过程中工业所占份额相对较小，带来的环境压力小；城市水资源最丰富；垃圾无害化处理率最高。这些都使得丹东市的生态安全状况向有利的方向发展。

铁岭、朝阳的生态安全状况为Ⅲ级，主要由于这 2 座城市经济发展水平低，导致人们生活水平相对较低、贫困人口多、城市基础设施不完善、环境污染较严重。人均 GDP，铁岭和朝阳在 14 个城市中排在最后 2 位。铁岭市的城市供水、供气能力最低，工业 SO_2 处理率、生活垃圾处理率最低；朝阳市万人拥有医生数最少，工业废水达标排放率和环境噪声达标面积均最低。另外，这 2 座城市都存在严重的水资源短缺问题。

其余城市的生态安全状况为Ⅱ级,沈阳、大连作为辽宁省最重要的 2 座城市,是辽宁省的政治、经济、文化中心,其生态安全状况排在 14 个城市中游水平。说明这 2 座城市尽管在经济、社会发展方面具有得天独厚的优势,但它们由于城市规模大、人口压力大、环境压力大等,都存在着不同程度的生态安全问题,应该受到重视。

分析结果表明,以本书所提出的生态安全评价理论体系为指导,建立的模糊综合评价方法可以用于区域生态安全评价的实际工作,具有一定的先进性和较强的可操作性。

第7章 生态城市建设的实践

城市生态安全问题日益严重，迫使人类不得不重新审视城市的发展道路和发展模式。"生态城市"一经提出，就得到了世界各国的普遍关注和接受，生态城市理论更是成为未来城市发展观的主要流派。安全、可持续、高效率、公正、健康、人文化和生态化成为未来城市的追求目标。

党的十七大把建设生态文明作为实现全面建设小康社会的五个奋斗目标之一，明确提出"建设生态文明，基本形成节约能源资源和保护生态环境的产业结构、增长方式、消费模式"，"主要污染物排放得到控制，生态环境质量明显改善，生态文明观念在全社会牢固树立"。这既是对我国当前严峻的资源、环境形势的深刻反思，也是在新阶段落实科学发展观、建设社会主义和谐社会的新任务、新目标。

生态城市建设就是以科学发展观为指导，以发展循环经济和生态产业为核心，以改善环境质量为出发点，促进人与自然和谐，推动整个城市生产发展、生活富裕、生态环境良好的文明发展道路。可以说，生态城市建设是现阶段推进生态文明建设的有效载体。生态城市建设是全面落实科学发展观的重要内容，是实施可持续发展的战略保证，是建设小康社会的内在需求，是构建社会主义和谐社会的重要条件。

7.1 国外生态城市建设发展实践

在"生态城市"概念正式提出以后，生态学思想在城市建设实践中得到全面的应用，国外很多城市提出了要建设生态城市，并以此为目标进行城市建设，其中代表性工作有德国的埃朗根市、丹麦的哥本哈根市、美国克里夫兰市和伯克莱市、澳大利亚的怀阿拉市、新西兰的怀塔科瑞市、日本的川崎市、印度的班加罗尔、巴西库里蒂巴和桑托斯市等。这些生态城市示范建设已经取得了一些丰富经验，积累了宝贵的背景知识，对今后的生态城市建设具有积极的意义。

7.1.1 德国的埃朗根

埃朗根位于德国南部，距慕尼黑 200 千米，有 10 万人口，是著名的生态城市，同时也是现代科学研究与工业中心。二战后。随着埃朗根市经济快速发展，城市发展所带来的生态环境破坏也在加剧，许多城市绿地、森林消失，汽车的增长导致越来越多的噪声、空气污染和街道的拥挤等。为解决这些问题，埃朗根通过制定城市整体规划，实行资源节约政策，实行新的交通规则以及鼓励市民广泛参与，使得埃朗根成为一座绿色的、健康的生态城市。德国的埃朗根市生态建设成功的经验主要包括：

① 在景观规划的基础上制定可持续发展总体规划；

② 高度重视重要生态功能区的保护，市域内森林、河谷及其他重要生态区域占总土

地面积 40%；

③ 在城区内及周边地区建设更多的绿地和绿带，确保人们能就近到达绿地；

④ 城市区划中充分尊重生态限制，在生态承载力范围内确保经济和社会快速发展；

⑤ 广泛开展节能、节水及其他资源的活动，采用多种措施，强化污染防治工作，防治水、气、土壤污染；

⑥ 实行步行、公交优先的交通政策，确保行人、自行车与汽车享有同等权利；

⑦ 广泛开展公众参与，在决策中广泛听取公众的意见。

7.1.2　丹麦的哥本哈根

丹麦哥本哈根生态城市是一个内容十分丰富的综合性生态城市建设项目，其试图在城市密集区内建设可持续发展的生态示范区。在项目建设初期，制定了一系列实施办法及环境目标，主要包括：试验区内水资源的消费量减少 10%；电能消费量减少 10%；回收家庭垃圾，减少城区垃圾生产；通过建立 60 个堆肥容器，回收 10% 的有机垃圾制作堆肥；回收 40% 的建筑材料。其生态市建设别具特色，内容如下：

(1) 建立绿色账户　绿色账户记录了一个城市、一个学校或者一个家庭日常活动的资源消费，提供了有关环境保护的背景知识，有利于提高人们的环境意识。使用绿色账户能够比较不同城区的资源消费结构，确定主要的资源消费量，并为有效削减资源消费和资源循环利用提供依据。

(2) 生态市场交易日　这是改善地方环境的又一创意活动。从 1997 年 8 月开始，每个星期六商贩们携带生态产品（包括生态食品）在城区的中心广场进行交易，通过生态交易日一方面鼓励了生态食品的生产和销售，另一方面也让公众们了解到生态城市项目的其他内容。

(3) 吸引学生参与　吸引学生参与是发动社区成员参与的一部分。丹麦生态城市项目十分注重吸引学生参与，其绿色账户和分配资源的生态参数和环境参数试验对象都选择了学校。在学生课程中加入生态课，甚至一些学校的所有课程设计都围绕生态城市主题，对学生和学生家长进行与项目实施有关的培训等。

7.1.3　美国的克里夫兰

美国克里夫兰市的生态城市建设也成功地避免了许多城市化问题。工业革命的发展，使得克里夫兰也像其他城市一样处于交通拥挤、住房紧张、环境恶化等问题之中。为此，政府制定了一系列生态城市建设计划，目标是把克里夫兰建设成大湖沿岸的绿色生态城市，为市民创造一个良好的居住环境。

克里夫兰市政府以可持续思想为指导，制定了明确的生态城市议程，包括空气质量、能源、土地利用、绿色建筑、绿色空间、基础设施、政府领导、邻里社区、公共健康、交通选择等一系列的具体目标和指导原则，还成立了专项的基金会，启动生态城市建设基金，用于该市生态城市的宣传、信息服务、职业培训、科学研究与推广，确保生态城市建设顺利进行。

从改变交通状况入手，颁布了市民出行交通计划，这项计划对于解决城市交通拥挤和环境污染有决定意义。它鼓励非机动车出行，为自行车、行人开辟专门道路，设计建造公交导向型交通体系，力图以公共交通的发展限制私人汽车的使用，并且倡导合伙使用汽车计划，建立公共数据库以满足各种出行者用车的要求。

提倡建立有居住、商业、工作场所和开敞空间等多种功能的紧凑社区，使人们就近出行、工作和享用各种服务。同时，强调对各种有限自然资源的有效使用，鼓励居民采用环保方式持续建造或装修房屋，建造有益于环境保护的新型住宅，采用诸如太阳能电池板、洗澡用水的循环使用处理装置、三层玻璃窗户和隔离层、有利于环境保护的无污染涂料等技术。

7.1.4 澳大利亚的怀阿拉

1997 年 4 月 1 日怀阿拉市政府通过了一项决议，将目前的所有环境计划融合到一起实施生态城市建设计划，承诺为市民创造一个更好的居住环境，长久地实现更加可持续的发展，降低社区的真正费用，为实现州和澳大利亚的环境目标进行最好的实践。

怀阿拉生态城市项目充分融合了可持续发展的各种技术，其战略要点包括：

① 设计并实施综合的水资源循环利用计划；

② 在城市开发政策上实行强制性的控制，对新建住宅和主要的城市更新项目要求安装太阳能热水器，并在设计上改进能源效率；

③ 对安装太阳能热水器给予财政刺激措施；

④ 21 世纪议程的环境规划过程；

⑤ 开展宣传优良的、可持续的建筑技术的大众运动；

⑥ 形成一体化的循环网络和线状公园；

⑦ 建立能源替代研究中心。

7.1.5 新西兰的怀塔科瑞

怀塔科瑞生态城市建设围绕着可持续的、动态的、公平的建设目标，在环境、经济和社会 3 个方面开展建设活动。怀塔科瑞生态城市建设最终是由社区居民而非市议会实现的，其重要成果包括建立合作、伙伴关系、建立绿色网络、减少固体垃圾量、实行更加清洁的生产以及一些街区的更新改造等。

7.1.6 日本的川崎

日本是一个面积狭小、资源困乏的国家，特别重视以高效利用资源为宗旨的生态城市建设，在生态城市的建设方面采取了许多行之有效的措施。经过 20 年的实践，日本开发出了许多建设生态城市的手段和技术。首先，特别强调资源的节约和高效利用，包括推广节能环保设施、回收废弃物、合理利用土地布局、使用循环水、保护自然环境、改善交通系统、建造生态建筑等具体的活动。除此以外，日本政府先后颁布了《循环社会形成推进基本法》、《废物处理及清洁法》、《资源有效利用促进法》、《建筑废材再资源化法》、《容器包装品的分类回收及再商品化促进法》、《特定家用电器的再商品化促进法》等一系列法律法规，大大推动了循环社会的发展。日本的生态城市建设还强调全民的参与，通过环境教育，提高市民的环境意识，使市民积极参加生态城市建设活动，并加强地方政府与企业的合作。

川崎市位于东京正南，人口 130 万，钢铁、石油精炼、石化、水泥、造纸、动力生产和冶金传统工业发达，20 世纪后半期曾是日本经济发展的火车头。然而，在经济膨胀与发展的过程中，环境却被不断扩张的工业活动快速污染了。这种现象在 20 世纪 60、70 年代非常明显，当时川崎以"被污染的城市"闻名。许多市民遭受着空气污染的影响，引发了严重的社会和政治问题。

20 世纪 90 年代，经济泡沫破灭了，川崎所有的传统重工业经历了严重的经济萧条、削减生产、改组或解雇工人。私营和公营部门纷纷开始着手于中央政府提出的"循环经济"或"再利用基础社会"理念，以立法推动生态城市建设。在这种境况下，川崎沿海地区的重工业通过实施废物处理和再利用等办法寻求生存之路，建立完善的"静脉产业"。例如，一家钢铁厂开发的新技术把废塑料作为原料和鼓风炉燃料再重复利用，一家石化厂开始把废塑料作为氨的原料使用。

川崎市和日本政府在创造和落实这些解决办法中，发挥了至关重要的作用。尽管比公司要晚一些，但是其制定的法律和规范测量标准激励了他们的努力。川崎市政府的着重努力方向是适当的废物处理和再利用，以及降低排放和提高能源效率。公司在付出努力遵守政府的标准和政策的同时，也改善了自己的财务状况。

作为对于沿海地区企业的补充，高技术产业落座于川崎的内陆。这些产业已经竭力开发出高生态效益生产方法，以及传播使用环境友好型的产品。

7.1.7　巴西的库里蒂巴

作为第三世界国家城市的库里蒂巴，是巴西生态城市建设的典范，取得了生态城市建设的巨大成就。库里蒂巴市位于巴西东南部，是巴西城市化进程中发展最快的城市之一，其城市人口从 1950 年的 30 万人增加到 1990 年的 210 万人，面对着快速的城市化过程中出现的一系列城市问题，库里蒂巴市提出了实施生态城市建设计划，经过二十多年的发展，取得了环境污染减少、犯罪率降低和受教育水平提高等一系列成绩，被认为是世界上最接近生态城市的城市。

库里蒂巴市在其生态城市建设中主要采取了如下措施。

第一，结合自然的设计。该市首先根治了自 20 世纪 50 年代以来一直困扰着城市的水患。用法律手段将自然水系统保护起来，加以合理利用，在河道两旁建设了有蓄水作用的公园，修建了人工湖，公园里大面积植树种草，并把河岸的废弃厂房改造成休闲设施，这种设计既减少了控制洪水的开支，也大大改善了城市环境。

第二，公交优先计划。库里蒂巴市建立了方便快速的公交系统，并把自行车道和步行区作为城市整体道路网络和公共交通系统的有机组成部分，使居民在居住区、工作区和购物区之间的来往经济、快捷，也使城市空气质量得到了良好的保证。

第三，鼓励市民参与。市政府鼓励企业、组织和个人参与公益活动，并建立起相应的机制和激励措施，比如，该市没有建设昂贵的垃圾分拣厂，而是发动市民参与可再生物质的回收工作，在低收入地区专门实行"垃圾换物"活动。此项计划的实施，既节约了大规模的资金投入，又提高了城市固体垃圾处理系统的效率，同时保护了资源，美化了城市环境，提供了就业机会。

7.1.8　国外生态城市建设的特点

国外的生态城市建设研究是从实证开始的，再上升到理论高度，始终都是与城市发展的实际问题联系在一起的。从以上国际生态城市建设实例，可以总结出现阶段国外生态城市建设的特点如下。

（1）以明确的生态城市建设目标为指导　根据国外生态建设实例，我们可以看到，生态城市建设的目标规划是共同的，但对不同国家、区域的城市，由于其自身的条件，如资源拥有量、经济环境的发展等，其生态城市建设的原则、目标、任务、途径也是不相同的。生态城市的建设是一个长期的循序渐进的过程，需要根据各国城市发展的具体状况制定相应的建设目标和指导原则。

（2）以政策和资金为保障 从以上实例及其他国家生态城市建设中，可以看到在生态城市建设初期，各地政府就制定了总体规划、各种措施以及设立专门基金提供机构以保证其生态城市建设的顺利进行。

（3）以先进科学技术为支撑 生态城市的建设要求城市的发展必须与城市生态平衡相协调，要求社会、经济、自然复合系统的和谐，这样一个复杂系统只有依靠先进的科学技术才能有效发展。在生态城市建设中，各国都重视生态适应技术的研制和推广，包括传统能源保护和能源替代技术、可持续水资源和污水再利用技术等等。

（4）以土地综合利用和公共交通为重点 从全球范围看，发达国家的生态城市建设措施，大多强调发展公共交通系统与土地的综合利用。在土地规划和设计中，把工作、居住和其他服务设施结合起来，综合地予以考虑。使人们能够就近入学、工作和享用各种服务设施，缩短人们每天的出行距离，减少能源消耗，并且这种土地利用政策常与城市交通规划结合在一起，有助于形成以公共交通为导向的交通模式，从而解决能源、污染等问题。

（5）以全民参与为动力 生态城市建设是一项巨大的系统工程，城市环境污染物来源于城市社会的各个方面，发动社会多个层面参与减少环境污染物的生产以及开发利用生态环境负荷较少的资源利用方式，对生态城市建设起着非常重要的作用。国外生态城市建设都认识到了一个城市成为生态城市的前提是对其市民进行环境教育，因此，这些城市采取了一系列措施拓宽公众参与生态城市建设的渠道，提高了公众生态意识，促进了生态城市的建设和发展。

7.2 国内生态城市建设发展实践

20 世纪 80 年代起我国开始生态城市方面的理论研究和实践，并取得了一定的进展。我国最早提出生态城市构建的城市是江西省宜春市，它应用环境科学的知识、生态工程的方法、系统工程的手段、可持续发展的思想，在一个市的行政范围内来调控一个自然、经济、社会的复合生态系统，使其结构、功能向最优化发展。

目前全国已有近 200 座城市提出构建生态城市或生态型城市。这些城市虽然经济水平差异较大，但大部分仍然是以第二产业为主。在第二产业为主的城市中，一部分城市是在当地丰富的矿产资源如煤炭、石油、铁矿石的基础上发展起来的，属于资源型城市；而一些城市具有较好的旅游资源，而且旅游业成为城市的支柱产业，属于旅游型城市；另外一些城市第三产业已经超过第二产业或与第二产业持平，城市经济、社会、文化各方面较为发达，成为区域中心，对整个区域发展具有带动力，属于综合型城市。

7.2.1 资源型生态城市的构建

资源型城市是指因矿产资源的开发而形成并发展起来，且矿业及相关产业在当地经济结构中占有重要地位，矿业职工在整个城市人口中占据较大比例，社会文化也明显地烙有矿业活动的印记，通过矿业开发向社会提供矿产品和矿产加工制品的城市。

我国的资源型城市有很多提出了构建生态城市的目标，如内蒙古包头市、黑龙江省大庆市、河南省平顶山市、安徽省淮北市、新疆乌鲁木齐市、山东省东营市、贵州省贵阳市等。通过对以上资源型城市进行总结，发现资源型城市一般具有如下几个共同点：①城市是在当地丰富的资源开采、加工基础上发展起来的；②经济发展模式粗放，经济的发展大都依靠高投入、高消耗，因此城市发展付出了资源锐减和生态环境恶化的沉重代价；③产业比重失调，第二产业（资源加工业）比重过大，第一、三产业比重过小；④产业链较短，资源缺乏深加工。

生态城市的构建是从生态学的角度出发，在良性循环发展的基础上，保护和改善生态环境，实现资源的合理开发和永续利用，并促进生态环境的改善，使城市生态建设步入环境保护的正常轨道。因此，对资源型城市来说，构建生态城市是实现城市可持续发展的必由之路。

贵阳市是我国资源型城市中较早提出构建生态城市的城市（2002 年提出），而且颁布了我国第一部循环经济领域的法规。贵阳位于贵州省中部、云贵高原东斜坡上，城市建成区 98km²。贵阳境内地势起伏较大，山地丘陵占 89.7%，市中心平均海拔为 1000m 左右；喀斯特地貌十分发育，约占 85%；生态环境极为脆弱，由人类活动所造成的"石漠化"日益扩大，陆生生态系统面临着加速失衡的危险。贵阳生物、矿产、能源和旅游资源都比较丰富，开发潜力很大。矿产资源有 30 多种且储量大、品位高、矿点集中、交通方便、易于开采。

贵阳前期的经济发展主要依赖于本地资源的采掘和初级加工，表现出强烈的"高资源投入，高污染排放"特征。1978~2002 年间，其 GDP 增加 9.6 倍的同时，主要资源投入量（包括生物量、化石燃料、金属矿石、非金属矿石、建材）由 443 万吨增加到 1903 万吨，增长了 3.3 倍，年均增长 6.3%，远远高于同期的全国平均水平 5.2%。

贵阳市是典型的资源型城市，它的发展是建立在自然资源的大量消耗、废弃物大量排放的基础之上。因此和许多资源型城市一样，贵阳市面临着资源逐渐枯竭、循环利用率低、生态环境脆弱的沉重压力。2002 年 3 月，贵阳市委、市政府做出将贵阳市建成全国首个循环经济生态城市的重大决定，同年 5 月，原国家环保总局正式批准贵阳市为循环经济型生态城市建设试点城市。该市建设循环经济生态城市的远期目标是用 20 年左右的时间实现以循环经济为主导的经济体系，建成生态良好、布局合理、人与自然和谐的循环经济生态城市。针对目前贵阳市生态城市建设的客观基础，即生态环境脆弱、资金缺乏、人才短缺、但在政策方面占有优势、目前国内外都对循环经济极为重视、循环经济已成为一种发展趋势，贵阳市充分利用了这个有利时机。

贵阳市循环经济型生态城市的整体规划框架内容包括以下内容。

（1）实现一个目标　即全面建设小康社会，在保持经济持续快速增长的同时，不断改善人民的生活水平，并保持生态环境美好。

（2）抓住两个关键环节　一是生产环节模式的转变，另一个是消费环节模式的转变。

（3）构建三个核心系统　第一个是循环经济产业体系的构架，涉及三次产业；第二个是城市基础设施的建设，重点为水、能源和固体废物循环利用系统；第三个是生态保障体系的建设，包括绿色建筑、人居环境和生态保护体系。

（4）推进八大循环体系建设　第一项是磷化工产业循环体系；第二项是铝产业循环体系；第三项是中草药产业循环体系；第四项是煤化工产业循环体系；第五项是生态农业循

环体系；第六项是建筑与城市基础设施循环体系；第七项是旅游和循环经济服务体系；第八项是循环型消费体系。

在构建循环经济型生态城市的过程中，贵阳市加强法律法规建设，颁布了我国第一部循环经济领域的法规——《贵阳市建设循环经济生态城市条例》（2004年）。（简称《条例》）《条例》中所称的"循环经济"是指最合理、有效利用资源和保护环境，以"减量、再用、循环"为原则组织经济活动的经济发展模式，"生态城市"是指社会、经济、文化与自然和谐的复合生态系统型城市。因此可以说贵阳市的生态城市建设是有法制保障的。贵阳市以《条例》促进传统线性经济向循环经济转变，以生态产业为龙头走出一条经济和社会协调发展、节约资源保护环境的新型循环经济发展道路，它所做的探索和实践对我国生态城市的构建，尤其是对资源型生态城市的构建具有重要意义。

7.2.2 旅游型生态城市的构建

所谓旅游型城市是指有丰富的能够吸引大量外地游客的旅游资源，与发展旅游业相关的各种设施、机构、城市功能发达而完备，旅游产业结构合理，高效运转，且处于支柱产业地位的城市。旅游型城市的物质构成要素有自然生态环境、空间结构布局、建筑与经典建筑作品以及由这三方面组成的风景景观等，非物质构成要素有政治、经济、社会、历史、文化等。

目前我国旅游型城市中有许多城市已提出构建生态城市，如有广西桂林市、安徽省黄山市、湖南省岳阳市、浙江省杭州市、云南省昆明市、湖南省张家界市、河北省秦皇岛市、海南省三亚市等。通过对拟建生态城市的旅游型城市进行梳理，发现旅游型城市一般都具有以下特点：①旅游型城市大都是以当地自然风景或人文景观为基础而发展起来的；②部分旅游型城市对旅游资源进行保护力度不够，存在"低投入、高产出"现象，造成旅游资源高负荷运转，旅游地生态环境受到不同程度的破坏；③旅游产业链过短，旅游业对城市其他产业的带动力未能充分发挥；④旅游规划中未能充分体现环境保护原则。

秦皇岛是我国著名的旅游胜地，具有旅游资源数量众多、知名度高、文化底蕴浓厚、景观独特、区位条件优越的特点。从19世纪末北戴河避暑开始发展旅游业，距今已有一百多年的历史。20世纪80年代，秦皇岛在不断修复、完善北戴河、山海关旅游景区的基础上，又新辟了南戴河、黄金海岸、秦皇求仙入海处、长寿山、码石山、天马山等一大批景区，逐步形成了秦皇岛以海滨、长城为主要特色，山、海、关、城、湖、洞、庙、园等自然风光与人文景观相互交融的旅游城市。秦皇岛市在生态城市建设中有如下特色。

第一，保护环境与资源。生态环境、自然资源和人文景观是旅游型城市发展的物质基础，是一种有经济价值的资源。作为一个旅游型生态城市既要保护好生态环境，又要合理开发旅游资源。只有正确协调保护与开发两者关系才能实现旅游型城市的可持续发展。秦皇岛具有丰富的生态旅游资源，发展生态旅游条件得天独厚，应加强生态旅游规划引导旅游型城市的可持续发展。

第二，完善城市基础设施。完善的旅游基础设施和高质量的服务设施是旅游型城市可持续发展的重要保障。首先要完善交通设施。在解决市内交通问题的基础上大力发展区域交通、国际交通，吸引国内外客流，扩大旅游业规模。其次要加快旅游服务设施的建设，如住宿、餐饮、娱乐等基础设施的建设规划要充分考虑到游客数量，以避免旅游高峰期基础设施超负荷动作甚至影响本地居民的正常工作生活。

第三，利用旅游业拉动其他产业发展，优化产业结构。旅游业具有关联度大、带动性强、辐射面广、就业容量大、乘数效应明显等特点，作为秦皇岛支柱产业的旅游业要对其他产业起到拉动作用。目前秦皇岛的旅游产业结构不太合理，旅游收入构成中，由住宿、饭店、交通等基本消费所占比重较大，而旅游购物等基本消费所占比重很小。要实现旅游业的持续发展，就必须加快调整产业结构，加快培育旅游产业。目前，旅游业的产业边界在不断扩大，旅行社、酒店、运输、娱乐、商贸业等已经属于大旅游产业的范围，农业、工业等生产领域和教育、科研等领域也包含着重要的旅游资源。

第四，提高旅游从业人员生态意识。旅游从业人员的素质不仅关系到服务接待质量而且直接影响到旅游城市的生态环境、人文景观的保护。目前个别旅游从业人员一味满足游客的需求，漠视本地生态环境、人文环境的保护，缺乏对本地资源重要性的认识。而生态环境、人文环境又是旅游业得以发展的基础。因此，旅游从业人员在对游客进行服务，满足企业经济利润的同时应担负起生态环境、人文景观保护的社会责任。

7.2.3　综合型生态城市的构建

综合型城市是指经济较为发达，功能较为全面，是区域的政治、经济、科教、文化中心，能够带动区域经济发展、社会进步、文化传播等社会功能的城市。目前大多数综合型城市都提出了生态城市建设目标，如北京市、上海市、天津市、沈阳市、南京市、广州市、济南市、宁波市、西安市、成都市、福州市、郑州市、重庆市、厦门市等。纵观以上综合型城市大都有悠久的发展历史。这些城市存在一些共同点：①城市发展过程中一般历史欠债过多，基础设施跟不上城市发展的要求；②城市发展过程中环境面临着危机，如大气污染、水资源短缺、固体废物不断增多、噪声污染严重等；③城市发展初期缺少科学规划，目前随着经济发展、人口增多，城市空间扩大，出现空间格局不合理现象；④城市生态环境保护意识仍需进一步提高。

上海市定位为国际经济、贸易、金融和航运中心，是中国最大的城市之一，在 6340.5km² 的土地上养育着 1742 万人。由于人口极其密集，环境容量有限，市政建设历史欠债较多，上海在经济快速发展的同时出现了一系列的城市问题，如水体污染、大气污染、噪声污染、交通拥挤、居住条件恶化等。20 世纪末，上海市政府加大生态环境建设力度，不断改善城市的基础设施，并通过推行循环经济构建生态城市。

(1) 城市规划方面　上海新一轮规划主要特点之一是以人为本，改善环境，以环境建设为主体，营造上海城市新形象，促进上海可持续发展。从新规划的特点可以看出，上海市在发展过程中增强了城市生态环境以及人文环境的保护意识。为了保护城市整体生态环境，规划对中心城区产业布局作出了新的要求，如内环线以内地区重点发展金融、商贸、信息、中介服务为主的第三产业，内外环线之间地区重点发展高科技、高增值、无污染的工业，并调整、整治、完善现有工业区。规划提出要调整绿地布局，以"环、楔、廊、园"的建设为重点，形成具有特大城市特点的绿地系统，改善城市生态环境，重点发展滩涂造林，建成滨海防护林，集中建设一批大规模人造森林。

(2) 城市建设方面　加大城市基础设施的投资力度，加速推进城市基础设施的现代化，为上海市实现生态城市的目标打下了基础。上海的城市交通体系也得到了逐步改善，新增轨道交通线路，优先发展公共交通，这也是上海发展生态城市的要求。苏州河综合整治二期和污水治理三期等一批重大治理项目已开始开工建设。规划提出将崇明东滩建设成世界级生态示范园区，这主要因为东滩湿地具有淡水补充功能、生物多样性保护功能、生物资源功能、水质净化功能、气候调节功能等生态服务功能。

（3）城市管理方面 上海城市管理基本适应大规模城市建设的需要，水平不断提高：一是"两级政府、三级管理"体制成效显著；二是"政府主导、市场化运作"方式初步形成；三是"标本兼治、重在治本"长效管理逐步推进；四是"重点突破、阶段推进"策略取得成效。管理手段从行政手段为主转向行政、经济、法制并用的全方位管理模式，在生态建设和环境保护方面，上海市制定了《中国 21 世纪议程——上海行动计划》、《环境保护和建设三年行动计划》、《上海市"白色污染"防治管理办法》，修改了《上海市环境保护条例》、《上海市植树造林绿化管理条例》和《上海市市容环境卫生管理条例》，颁布了《上海市苏州河环境综合整治管理办法》等环境法规和规章，探索出一条适合市场经济的环境保护管理的道路。为进一步加强现代化城市管理，推进上海经济社会发展，上海市建设党委、市建委认真研究和组织编制《上海加强现代化城市管理行动纲要》，这些规章为上海构建生态城市打下基础。

7.3 生态城市建设的国际合作项目——中新天津生态城

2007 年 4 月，国务院总理温家宝在会见新加坡国务资政吴作栋时，共同提议在中国合作建设一座资源节约型、环境友好型、社会和谐型的城市。2007 年 7 月，吴仪副总理访问新加坡，与新方进一步探讨了生态城选址和建设原则。随后，国家有关部委对天津等多个备选城市进行反复比选和科学论证，在征求新加坡国家发展部的意见后，于 9 月底初步认定生态城选址在天津滨海新区。2007 年 11 月 18 日，国务院总理温家宝和新加坡总理李显龙共同签署《中华人民共和国政府与新加坡共和国政府关于在中华人民共和国建设一个生态城的框架协议》。国家建设部与新加坡国家发展部签了《中华人民共和国政府与新加坡共和国政府关于在中华人民共和国建设一个生态城的框架协议的补充协议》。协议的签订标志着中国—新加坡天津生态城的诞生。

按照两国协议，中新天津生态城将借鉴新加坡的先进经验，在城市规划、环境保护、资源节约、循环经济、生态建设、可再生能源利用、中水回用、可持续发展以及促进社会和谐等方面进行广泛合作。为此，两国政府成立了副总理级的"中新联合协调理事会"和部长级的"中新联合工作委员会"。中新两国企业分别组成投资财团，成立合资公司，共同参与生态城的开发建设。新加坡国家发展部专门设立了天津生态城办事处，天津市政府于 2008 年 1 月组建了中新天津生态城管理委员会。至此，中新天津生态城拉开了开发建设序幕。

中新天津生态城作为世界上第一个国家间合作开发建设的生态城市，将为中国乃至世界其他城市可持续发展提供样板；为生态理论创新、节能环保技术使用和展示先进的生态文明提供国际平台；为中国今后开展多种形式的国际合作提供示范。中新天津生态城作为中国天津滨海新区的重要组成部分和独有的亮点，将充分利用国家综合配套改革试验区先行先试、改革创新的政策优势，借鉴国际先进生态城市的建设理念和成功经验，通过十年左右的建设，使之成为展示滨海新区"经济繁荣、社会和谐、环境优美的宜居生态型新城区"的重要载体和形象标志。

按照两国政府确定的必须依法取得土地、不占耕地、节地节水、实现资源循环利用，有利于增强自主创新能力的原则，选址于自然条件较差、土地盐渍、植被稀少、环境退化、生态脆弱且水质型缺水的地区。同时，选址考虑有大城市依托，基础设施配套投入较少，交通便利，有利于生态恢复性开发。

中新天津生态城位于中国国家发展的重要的战略区域——天津滨海新区范围内，毗邻天津经济技术开发区、天津港、海滨休闲旅游区，地处塘沽区、汉沽区之间，距天津中心城区 45km，距北京 150km，总面积约 31.23km^2，规划居住人口 35 万。

中新天津生态城东临滨海新区中央大道，西至蓟运河，南接蓟运河，北至津汉快速路，交通便利，能源供应保障条件较好，是为滨海新区功能区配套服务的重要生活城区。

中新天津生态城运用生态经济、生态人居、生态文化、和谐社区和科学管理的规划理念，聚合国际先进的生态、环保、节能技术，造就自然、和谐、宜居的生活环境，致力于建设经济蓬勃、社会和谐、环境友好、资源节约的生态城市。生态城全面贯彻循环经济理念，推进清洁生产，优化能源结构，大力促进清洁能源、可再生资源和能源的利用，加强科技创新能力，优化产业结构，实现经济高效循环。城内提倡绿色健康的生活方式和消费模式逐步形成有特色的生态文化；建设基础设施功能完善、管理机制健全的生态人居系统；注重与周边区域在自然环境、社会文化、经济及政策的协调，实现区域协调与融合。

中新天津生态城的建设目标具体包括：建设环境生态良好、充满活力的地方经济，为企业创新提供机会，为居民提供良好的就业岗位；促进社会和谐和广泛包容的社区的形成，社区居民有很强的主人意识和归属感；建设一个有吸引力的、高生活品质的宜居城市；采用良好的环境技术和做法，促进可持续发展；更好地利用资源，产生更少的废弃物；探索未来城市开发建设的新模式，为中国城市生态保护与建设提供管理、技术、政策等方面的参考。

中新天津生态城项目的特点是：①第一个国家间合作开发建设的生态城市；②选择在资源约束条件下建设生态城市；③以生态修复和保护为目标，建设自然环境与人工环境共融共生的生态系统，实现人与自然的和谐共存；④以绿色交通为支撑的紧凑型城市布局；⑤以指标体系作为城市规划的依据，指导城市开发和建设的城市；⑥以生态谷（生态廊道）、生态细胞（生态社区）构成城市基本构架；⑦以城市直接饮用水为标志，在水质性缺水地区建立中水回用、雨水收集、水体修复为重点的生态循环水系统；⑧以可再生能源利用为标志，加强节能减排，发展循环经济，构建资源节约型、环境友好型社会。

第8章 生态城市发展规划

生态城市是城市走向可持续发展的必由之路，要实现"生态城市"的发展目标，必须有以一个科学的发展战略规划。因此，制定生态城市发展战略规划是生态城市实践的第一要务。生态城市战略规划是城市发展之纲，是城市设计、城市建设和城市管理等一切工作的总体的指导原则。本书以综合型生态城市为例，探讨生态城市发展战略规划的指导思想、基本原则、主要内容和一般规律。

8.1 指导思想

以科学发展观思想为指导，遵循生态规律和经济发展规律，把生态环境保护、自然资源合理开发利用和高效生态产业发展相结合，以节约资源、控制污染、发展循环经济为主线，以可持续的经济发展为核心，以全面的社会进步为目的，推进重点领域、区域污染治理，推动经济发展方式和消费模式转变，努力构建资源节约型和环境友好型社会，推动城市逐步走上生产发展、生活富裕、生态良好的文明发展道路。

8.2 基本原则

制订生态城市战略规划时应当遵循以下主要原则。

(1) 因地制宜，分区推进　这是一条总的原则，生态城市的设计与建设没有固定的模式，而要与当地的自然环境、经济条件、历史文化背景结合起来。由于自然资源、自然条件和社会经济条件都存在地域和地区差别，因此不同地区的生态城市建设的内容也就不可能统一。因地制宜原则强调要按照客观规律和客观现实办事，排除主观随意性的影响。生态城市形式、风格、规模的规划和设计必须充分结合当地的气候特征、地形地貌特征，建筑材料要尽可能利用地方材料，并注意延续地方文化和风俗，寻求本土资源与现代化的有机统一，并要考虑区域内能源、资源、水、土地等的承载力。

按照《国务院关于落实科学发展观加强环境保护的决定》要求，根据资源禀赋、环境容量、生态状况，科学划定生态功能区，确定主导功能；对各类功能区实施分区保护、建设和分级管理。

(2) 统筹兼顾，协调发展　坚持生态环境保护与社会经济发展"并重"和"同步"，统筹城市和农村环境保护，以保护环境优化经济发展，实现经济社会发展与区域资源、环境的承载能力相协调。

(3) 突出重点，分步实施　典型示范，以点带面，优先抓好重点区域、重点行业的布局优化、产业升级、污染防治、生态建设。通过起步、整体推进和完善提高三个建设阶段，逐步实现生态城市建设的目标。

（4）机制创新，市场运作　更加注重机制创新，全面推进经济社会各个领域的改革创新，为开展生态城城市建设创造良好的环境。按照市场经济原则，制定各项激励政策和约束政策，拓展融资渠道，积极鼓励和引导民间资本参与生态城市建设。

（5）政府主导，加强合作　强化政府的管理职能，建立权责明确、管理规范的生态城市建设推进机制。加强国内外友好城市之间的合作，开创生态城市建设新模式，强化生态城市建设的示范意义。

（6）以人文本，公众参与　以人为本是生态城市的基本性质，也是对生态城市的基本要求。城市的发展要充分考虑居民的物质和精神需求，促进人们身心健康发展，在公平原则下城市的每个居民都应享受到平等、自由的权利和轻松、安全、舒适的生活和工作环境。要加强宣传教育，出台公众参与的管理办法，拓宽公众参与渠道，营造全社会共同参与生态城建设的氛围。

（7）集约发展、强化科技　生态城市规划和设计也应当遵循集约化原则，它包括两个方面：一是空间利用的相对集约化，建设"紧凑的城市"；二是资源和能源利用的集约化，提倡 3R 原则，即减量化（Reduce）、再利用（Reuse）和再循环（Reoycle）。这其中就包括高科技技术的支撑作用。

8.3　目标

生态城市的本质特征，是要实现自然、环境、经济、社会的协调发展，以自然生态的良性循环和可承载力为基础，以可持续的经济发展为核心，以全面的社会进步为目的，构建生态、经济、社会三大系统的高度协调、相互促进、互为条件的动态平衡体，最终实现社会效益、经济效益、生态效益的高度统一。

具体来讲，生态城市建设的目标是：建设并保持优良的生态环境，高速发展的生态经济，高尚的生态文明和生态道德；充分发挥作为城市主体的人的主观能动性，通过恢复生态环境，扩大生态容量，提高生态承载力，创造自然与人类高度和谐的社会、经济、环境的统一体，使人类与自然和谐共存，最终实现城市的可持续发展，成为名副其实的生态城市。

具体达到以下几个方面要求：

（1）经济发展方式实现转变　形成资源能源循环利用和保护生态环境的产业结构和增长方式，可再生能源比重显著上升，资源利用效率显著提高，实现集约发展、清洁发展、安全发展和全面协调可持续发展；形成生态产业在国民经济体系中占主导地位的生态经济体系。

（2）生态环境质量显著改善　主要污染物排放总量得到有效控制，水、大气和土壤环境质量达到功能区划要求，退化土地基本得到治理，森林覆盖率、城市绿化面积达到或超过国内同等城市平均水平。

（3）人居环境优美舒适　城镇供水、能源、交通、环保等基础设施配套完善，环境净化、绿化、美化、文明。城镇污水处理率达到 100％，城市集中式饮用水源地水质达标率达到 100％。

（4）全社会生态文明程度显著提高　健全和完善生态城市建设的法律法规体系与执法监督机制；生态文明观念在全社会牢固树立，形成节约资源、保护环境的价值取向和消费模式，公众积极参与生态城市建设。

8.4　规划体系

生态城市规划建设的内容应根据城市的具体情况，综合城市社会、经济和自然系统的多个方面，因地制宜、突出重点、有针对性地拟定。根据生态城市发展规划框架，结合复合生态系统理论，生态城市发展规划体系包括：生态功能区划、自然资源和生态环境支撑体系、生态经济体系、生态产业支撑体系以及生态社会体系等几个方面。

8.4.1　生态功能区划

生态功能区划是通过分析辨识市域生态系统类型的结构和过程特征，对不同生态系统类型的生态服务功能及其重要性作出评价，明确生态环境敏感区，并结合市域的社会、经济状况，将对象系统划分为不同类型的单元。生态功能区划是进行生态城市规划建设的基础。进行生态功能区划的过程就是对生态城市对象系统进行总体性的把握和战略上的构架的过程。由于在区划过程中要综合考虑社会、经济、人口和生态环境多方面的因素，因而能够揭示各生态区域的综合发展潜力、资源利用优劣势和科学合理的开发利用方向，从而为制定生态城市建设的宏观布局以及详细的工程措施和发展对策提供科学依据。

8.4.2　自然资源和生态环境支撑体系

在城市建设和经济发展过程中，对自然资源的掠夺式开发、不合理利用和巨大浪费使得人类面临基础资源枯竭的危险，与此同时也产生了水土流失、生物多样性破坏、土地荒漠化等一系列生态安全问题和大气、水质、固体废物、噪声等方面的环境污染问题。这严重制约了城市和区域人口生活质量的提高，甚至威胁到整个地球生态系统的良性循环。因此，实现水、土地、能源等自然资源的可持续开发利用与生态环境的综合整治和建设对生态城市的健康发展具有重要的支撑作用，是制定生态城市规划必不可少的组成部分。

8.4.3　生态经济体系

整个生态系统的自然资源及其物质和能量运动规律是人类社会经济系统的根本，澳大利亚城市生态学家 Cherie Hoyle 把这种基本认识精简为"没有生态就没有经济，没有星球就没有利润"。如果我们的行为与自然法则相违背，那么建造在自然之上的人类大厦就会产生一系列的矛盾。

城市本质上是一个为满足人口聚集和生存发展需要而饱受人工作用的生态系统，人类社会的经济过程是城市生态系统中最主要的显著不同于自然生态系统的环节。不同的经济发展模式和产业发展形态对城市环境的影响不尽相同。20 世纪中期以后，发达国家的许多城市通过转变经济发展方式和实施保护环境的措施，初步取得了经济和环境发展的协同。

运用产业生态学原理和方法，调整以产业结构为主体的城市经济结构，发展生态经济体系，能够从根本上改善城市生态结构和促进物质良性循环与能量有序流动，是生态城市建设必不可少的重要措施。

8.4.4　生态社会体系

经济落后的根本原因在于社会发展水平的滞后，经济的发展需要社会的发展作为基础，解决城市的经济问题，从根本上讲在于建立一个公正、平等、和谐的城市社会。如果没有社会和谐、良性的运行，再好的空间形态设计和建设也只是表面上的东西。可见，社会生态是城市生态系统中一个非常重要的方面，社会发展规划是生态城市规划的重点。

城市发展的最终目标是提高人口的生活质量，实现社会的可持续发展。从生态社会学的角度来看，生态城市的人口、教育、科技、卫生、文化、法律、制度等都应当逐步完善，从而建立起与经济发展水平和资源与生态环境支撑水平相适应的生态社会体系。具体到生态城市规划的编制内容来讲，应涵盖人口发展、教育和科技进步、社会福利与保障及生态文化建设等几个方面。形成健康向上的公共道德标准和舆论氛围、鼓励公众参与、建立完善的法制体系、教育培训体系、社区服务体系等都是规划的重要内容。

8.4.5　产业支撑体系

产业是现代城市存在和发展的基础，也是城市发展的动力，同时还是城市生态系统中重要的组成部分。从生产力方面看，城市的产业结构对城市发展有着决定性意义。产业结构的变化是社会最基本的变化，是影响城市生态系统运行状况的重要因素。产业的发展状况不仅直接决定了城市的经济发展水平，而且对城市社会、文化、环境等各个方面都有着深刻的影响。特别是在我国目前经济的总体发展水平还比较落后的情况下，每个城市都不可避免地承担着繁重的发展经济的重任。按照我国目前的产业发展模式，经济发展将会对社会、环境和资源造成很大的压力，如果不加以改变，虽然城市经济可能获得一定的、甚至是迅速的发展，但必然同时造成大量的环境问题、资源问题和社会问题。因此，改善产业发展模式，使产业发展"生态化"，是我国城市实现可持续发展的必要条件，是建设"生态城市"的关键所在。

产业是指国民经济的各行各业。现代经济学中一般将产业划分为第一（次）产业、第二（次）产业、第三（次）产业。第一产业主要指农业，第二产业主要指工业，第三产业主要指服务业。这些都是产业的"类型概念"。而"生态产业"并不是这样的"类型概念"，它不是指某一种或某一类产业，而是以某种视角和一定的标准，针对所有的产业进行评价和评判。

"清洁产业"、"绿色产业"、"环境友好产业"等都与生态城市所追求的"生态产业"具有一定程度的相关性。《中国国情研究报告》提出建立资源节约型国民经济体系，包括建立：①以节地、节水为中心的集约化农业生产体系；②以节能、节材为中心的节约型工业生产体系；③以节省运力为中心的节约型综合运输体系；④以适度消费、勤俭节约为特征的生活服务体系等，这种节约型经济所要求的产业实际上与生态产业的要求是一致的。

可以把"生态产业"的宗旨和目标规定为"更有效地利用资源、更少地产生污染和废物、更立足于可再生资源，更加有效地循环利用，最大限度地减少对人体健康和环境的不可逆转的影响"。发展生态产业，实际上就是要减少城市对自然界的影响。例如增加城市内或其邻近地区的生物量生产；减少废弃物排放；增加"废弃物"的再利用；提高城市资源的使用效率等，都需要发展城市的生态产业才能实现。

与生态产业紧密相关的一个概念是"绿色产品",或"环境友好产品"。这些产品的生产与使用（或服务的提供）中充分考虑了资源与环境问题,采用某些特定的生产工艺与技术,使其所消耗的资源最少、对环境的污染最小。因此可以认为"绿色产品"就是生态产业的成果和产品。

由此可见,生态产业简单地理解,是指生产、加工、运输、消费的全过程对环境无污染或污染很少的产业,可将其分为生态农业、生态工业、生态第三产业（服务业）三个方面。

8.4.5.1 都市型生态农业

生态农业是运用生态学原理和系统科学方法,以维护人的身心健康为宗旨,兼顾经济效益和生态效益,功能良性循环的一种现代化的大农业发展模式。生态农业表现为生态结构不断进化,使各种生态因子的组合更为理想,相互之间的因果关系更加协调,通过农业废弃物的资源化使生态系统的食物链和经济系统的投入产出链科学地结合为一体。

生态农业是对传统农业和现代石油农业的扬弃。传统农业依赖于农业生态系统的自然生长和更新,对自然环境的破坏力小,但农业生产水平低。现代石油农业（因其使用的燃料、化肥、农药、饲料等都是以石油为原料的产品）的效率高,产品丰盛,但又具有消耗能量大、污染环境、破坏生态等弊端。生态农业是在吸取传统农业和现代农业的精髓、克服其弊端的基础上发展起来的。它通过合理安排种植业、养殖业和加工业,使物质得到循环利用,生态上保持平衡,能量上自我维持,从而提高生物产品的生产率、利用率和能量的转化率,最终达到改善农业生态环境、提高农业资源再生能力的目标。

生态农业不仅是生态城市追求的目标,它是整个农业的发展方向,也是一个地区或国家实现可持续发展的必然选择。与一般意义上的生态农业追求经济效益、社会效益和生态效益相平衡的目标不同,生态城市中所追求的生态农业必须首先强调其生态效益和社会效益,经济效益只是一个次要的目标。我们把生态城市所追求的这种生态农业称为"都市型生态农业"。

都市农业一般是指地处城市化地区及其延伸区,紧密依托并服务于大都市的农业。由于其特殊的位置和作用,都市农业一般应要求是生态化的农业,因此我们明确称其为"都市型生态农业"。与传统的城郊农业不同,"都市型生态农业"是高层次、高科技、高品位的绿色产业,是按照城市社会、经济、生活各方面需求培养和建立的融生产、生活、生态、科学、教育、文化等于一体的现代化农业体系,是城市生态系统不可缺少的组成部分。

8.4.5.2 生态工业

工业是现代化社会经济的核心,是社会发展不可缺少的动力,也是许多城市赖以存在和发展的基础。即使在一些现代化的、以第三产业为其经济支柱的城市里,加工业仍然在其经济结构中居于不可缺少的重要地位。同时,工业也是影响一个城市社会发展和环境质量的重要因素,是城市最主要的污染源。因此工业的"生态化"是生态城市建设和发展所必须面对的任务,对许多工业城市来说这还是一个关键性的环节。

工业生态学以新的眼光来看待经济的发展,它把工业生产系统作为整个生态系统中的特殊形式来看待,认为工业生产的物质、能量和信息的流动及储存与生物生态系统有着很大的相似性和一致性。工业生态学的目标不仅着眼于对环境的保护，而且着眼于资源的节约和物质能量的循环，更重要的是它追求的是一种持续的、长远的战略。

工业生态学所依据的也是其所追求的这种工业模式称为"生态工业"。"生态工业"基于一种整合思维和系统思维，是依据生态规律、经济规律和系统工程方法来经营和管理，以资源节约、减轻生态环境损害和废物系统化、多层次循环利用为特征的现代化工业发展模式。发展生态工业，其主题就是采用消除或重复使用废料的"封闭循环"生产系统。另外一个主题是不仅仅出售产品而且出售产品养护、维修、清洁、更新服务，这样就可以大大提高产品的生命周期，从而大大减少废物的产生和资源的浪费与消耗。可见，生态工业的发展既要着眼于工业生产的全过程，还要着眼于地区工业的全局性，同时考虑工业生产的外部互补性，实现工业生产之间的有机协作。

生态工业的目标是建设生态工业园区。"生态工业园区"是指在一定的地域范围内，使各企业进行合作，以达到最优化利用资源，特别是相互利用废料的目的。建设"生态工业园区"为全面、根本地解决污染控制，为节约资源和能源，以及提高企业的竞争力提供了理论方法和实际策略，是一个地区或城市实现其经济生态化的重要基础和依据，是生态城市建设和发展的重要战略之一。

8.4.5.3　生态服务业

所谓"生态服务业"也可称为"生态第三产业"，也就是指第三产业的生态化。生态城市必须十分重视第三产业的发展，因为城市是第三产业最发达的地域，第三产业往往反映了一个城市经济与社会的活力，也反映了整个城市生态系统的运行状况，因此也常常成为城市发展水平的一个重要标志。

从现代城市发展的趋势看，城市职能具有第三产业化的倾向。而且城市中第三产业的聚集地区，往往是城市的公共中心，人口密度、建筑密度高，缺少开敞空间，和自然生态环境相距较远，还往往是交通流量汇集的地段，因此这里的实际环境质量一般较差。第三产业主要是直接向居民提供服务的，也往往因此接近或穿插于城市的居民区，与市民的生活具有直接的关系并构成直接的影响。因此生态城市的第三产业也必须实现生态化。

第三产业泛指产业结构中提供各种劳务的服务行业，包括四个层次，我们可以分别就这四个层次来分析第三产业实现生态化的必要性。

（1）流通部门　包括交通运输业、信息业、商业和饮食服务业、物资供销和仓储业。流通部门保证了城市人流、物流、信息流的正常运转，是城市经济生态系统运行的动力，同时也对城市的自然生态系统和社会生态系统构成重要影响。交通运输业的发展状况还在很大程度上影响着城市环境和社会，交通运输服务供应不足必然引起环境和社会的混乱，交通的密集和拥堵还会加剧城市环境污染。

（2）为生产和生活服务的部门　包括金融业、保险业、房地产业、公用事业、社区服务业和各类技术服务业等。这些部门既不直接涉及物质生产，也不直接参与物质流通，但是它们对物质生产和流通的效率影响甚大，而且与居民的生活息息相关，因此它们的发展本身就是生态化的过程，直接影响到其他部门的生态化。

（3）为提高人们的文化素质服务的部门　包括教育、文化、广播电视、科学研究、卫生保健、体育竞技和社会福利事业等。这些部门对城市社会文化生态的发展具有决定性的影响，而且通过影响人的素质、技能、思想意识和行为，从而对城市的经济生态和自然生态系统也具有潜在的、持久的影响。这些部门是提高市民生态意识的重要工具和渠道。

（4）为社会公共需要服务的部门　包括国家行政机关、党派团体、军队和警察等。这些部门是城市社会生态系统正常运转的重要保障，是国家和地方经济、社会与环境政策的制定和执行主体，对城市各方面的发展都具有重要影响。

参 考 文 献

[1] 联合国开发计划署编. 人类发展报告 1994. 国家计委社会发展司译. 1994.

[2] 张文君. POPs 公约简介. 农药, 2000, 39 (10)：43-46.

[3] 叶贵标. 国际公约对我国农药生产、使用和管理的影响. 植保技术与推广, 1999, 19 (5)：28.

[4] Hutchinson TH, Matthiessen P. Endocrine disruption in wildlife：identification and ecological relevance. Science of the Total Environment, 1999, 233 (1-3)：1-3.

[5] Sharpe RM, Skakkebaek NE. Are oestrogens involved in falling sperm counts and disorders of the male reproductive tract? . Lancet, 1993, 341 (8857)：1392-1395.

[6] 香山不二雄. 环境激素问题研究现状. 桂兰润，尚彦军译. 世界环境, 1999, (2)：34-35.

[7] Allen Y, Matthiessen P, Scott AP. The extent of oestrogenic contamination in the UK estuarine and marine environments-further surveys of flounder. Science of the Total Environment, 1999, 233 (1-3)：5-20.

[8] Gillesby BE, Zacharewaki TR. Exoestrogens：mechanisms of action and strategies for identification and assessment. Environmental Toxicology and Chemistry, 1998, (17)：3-14.

[9] Scott Alex. U. K. industry prepares for tough rules. Chemical Week, 1997, 160 (5)：22.

[10] 北京自然博物馆. 生物史图说. 北京：科学出版社, 1982：235-307.

[11] IUCN/UNEP. Coraal reefs of the world. INCN, Gland, 1998, (3)：10.

[12] 傅伯杰，陈利顶，马克明等. 景观生态学原理及应用. 北京：科学出版社, 2001：310-341.

[13] 陈颖，徐宝梁，葛毅强等. 转基因作物及其食品的安全性. 生物技术, 2003, 13 (5)：40-42.

[14] 张艳华，季静，王罡. 转基因植物与生物安全. 作物杂志, 2003, (6)：4-7.

[15] Qian Y, Ma K. Progress in the studies on genetically modified organisms and the impact of its release on environment. Acta Ecol Sin, 1998, (18)：1-9.

[16] 陈光宇. 转基因生物的安全性评估分析. 江西农业学报, 2000, 12 (4)：44-50.

[17] Losey JE, Rayor LS, Carter ME. Transgenic pollen harms monarch larvae. Nature, 1999, 399 (6733)：214.

[18] 孙雷心. 1999 年全球转基因作物商品化概述. 生物技术通报, 2000, (3)：39-41.

[19] 世界银行. 2020 年的中国：新世纪的发展挑战. 北京：中国财政经济出版社, 1997：71-81.

[20] 曲格平. 关注生态安全之二：影响中国生态的若干问题. 环境保护, 2002, (7)：3-6.

[21] 吴报中. 中国城市中的几个环境问题与对策. 环境保护, 1995 (12)：4-5.

[22] 辽宁省统计局. 2002 辽宁城市统计年鉴. 沈阳：辽宁人民出版社, 2002：133.

[23] 沈阳市统计局. 沈阳统计手册. 2003.

[24] 朱美荣. 跨世纪中国城市环境问题和城市保护战略思考. 经济地理, 1999, 19 (2)：76-81.

[25] 来斯特 R 布朗. 建设一个可持续发展的社会. 北京：科学技术文献出版社, 1984.

[26] 孙明玺译. 在过渡时期俄罗斯的生态安全问题. 管理科学文摘, 1994 (2)：16.

[27] 方创琳，张小雷. 干旱区生态重建与经济可持续发展规律研究进展. 生态学报, 2001, 21 (7)：1163-1170.

[28] Patricia M, Mische. Ecological Security & the UN System：Past, Present and Future. 1998.

[29] 邹长新. 内陆河流域生态安全研究——以黑河为例 [D]. 南京：南京气象学院, 2003.

[30] 邹长新，沈渭寿. 生态安全研究进展. 农村生态环境, 2003, 19 (1)：56-59.

[31] 冯耀忠. 干线输油管道生态安全与问题及其解决途径. 国外油气储运, 1995, (13)：63-66.

[32] 张玉良. 前苏联植物保护的生态安全方法. 苏联科学与技术, 1994, (11)：35-36.

[33] 曲格平. 关注生态安全之一：生态环境问题已经成为国家安全的热门话题. 环境保护, 2002, (5)：3-5.

[34] 曲格平. 关注生态安全之三：中国生态安全的战略重点和措施. 环境保护, 2002, (8)：3-5.

[35] 许为义. 全面关注生态安全问题. 上海综合经济, 2003, (6): 24-26.

[36] 尹晓波. 我国可持续发展生态安全面临的挑战及对策. 计划与市场探索, 2003, (2): 24-26.

[37] 金磊. 发展安全防灾产品, 促进减灾经济发展——兼议西部生态减灾产业化的思路. 中国个体防护装备, 2003, (2): 5-6.

[38] 曹伟. 生态安全与城市兴衰. 城市开发, 2003, (7): 18-21.

[39] 郭沛源. 警惕国际贸易危及生态安全. 环境保护, 2003, (2): 1-4.

[40] 王权典. 加入 WTO 我国生态安全的法律调控. 学术交流, 2003, (4): 36-42.

[41] 陈国生. 论我国生态安全建设的法律保护. 南华大学学报 (社会科学版), 2003, 4 (3): 74-78.

[42] 郭中伟. 建设国家生态安全预警系统与维护体系——面对严重的生态危机的对策. 科技导报, 2001 (1): 54-56.

[43] 肖笃宁, 陈文波, 郭福良. 论生态安全的基本概念和研究内容. 应用生态学报, 2002, 13 (3): 354-358.

[44] 张雷, 刘慧. 中国国家资源环境安全问题初探. 中国人口·资源与环境, 2002, 12 (1): 41-46.

[45] 孟旭光. 我国国土资源安全面临的挑战及对策. 中国人口·资源与环境, 2002, 12 (1): 47-50.

[46] 傅泽强, 蔡运龙. 世界食物安全态势及中国对策. 中国人口·资源与环境, 2001, 11 (3): 45-49.

[47] 谢小立, 周敬明, 刘新平. 粮食安全: 我国农业现代化的任务与标志. 中国人口·资源与环境, 2001, 11 (3): 50-53.

[48] 夏军, 朱一中. 水资源承载力的研究与挑战. 自然资源学报. 2002, 17 (3): 262-269.

[49] 陈家琦. 水安全保障问题浅析. 自然资源学报, 2002, 17 (3): 276-279.

[50] 俞孔坚. 生物保护的景观生态安全格局. 生态学报, 1999, 19 (1): 8-15.

[51] 俞孔坚, 高中潮. 景观生态和环境保护规划的生态安全格式途径. 陕西环境, 1999, 6 (4): 43-45.

[52] 徐海根. 自然保护区生态安全设计的理论与方法. 北京: 中国环境科学出版社, 2000.

[53] 王朝科. 建立生态安全评价指标体系的几个理论问题. 统计研究, 2003, (9): 17-20.

[54] 左伟, 周惠珍, 王桥. 区域生态安全评价指标体系选取的概念框架研究. 土壤, 2003, (1): 2-7.

[55] 左伟, 王桥, 王文杰等. 区域生态安全评价指标与标准研究. 地理学与国土研究, 2002, 18 (1): 67-71.

[56] 吴国庆. 区域农业可持续发展的生态安全及其评价研究. 自然资源学报, 2001, 16 (3): 227-233.

[57] 熊鹰, 王克林, 吕辉红. 湖南省农业生态安全与可持续发展初探. 长江流域资源与环境, 2003, 12 (5): 433-439.

[58] 胡宝清, 廖赤眉, 严志强等. 广西都安瑶族自治县农业可持续发展的生态安全评价. 农业生态环境, 2003, 19 (2): 16-19.

[59] 张建新, 邢旭东, 刘小娥. 湖南土地资源可持续利用的生态安全评价. 湖南地质, 2002, 21 (2): 119-121.

[60] 安德明, 梁音. 我国脆弱生态环境的评估与保护. 水土保持学报, 2002, 16 (1): 6-10.

[61] 蒋树芳, 胡宝清, 郑峰. 桂西石山区可持续发展的生态安全评价及跨越式发展对策. 广西师范学院学报 (自然科学版), 2003, 20 (增刊): 22-26.

[62] 陈浩, 周金星, 陆中臣等. 荒漠化地区生态安全评价——以首都圈怀来县为例. 水土保持学报, 2003, 17 (1): 58-62.

[63] 杨学武, 姬兴洲. 河西地区生态安全建设与对策. 甘肃林业科技, 2003, 28 (2): 31-34.

[64] 陈宝智. 安全原理. 北京: 冶金工业出版社, 2002, 1-10.

[65] 许开立. 系统危险性的模糊评价 [D]. 沈阳: 东北大学, 1999.

[66] 高吉喜. 可持续发展理论探索——可持续生态承载理论、方法与应用. 北京: 中国环境科学出版社, 2001, 17-22.

[67] 王志琴. 小城镇地区生态安全研究初探 [D]. 北京: 中国农业大学, 2003.

[68] 刘建军，王文杰，李春来. 生态系统健康研究进展. 环境科学研究，2002，15（1）：41-44.

[69] 欧阳志云，王如松，赵景柱. 生态系统服务功能及其生态经济价值评价. 应用生态学报，1999，10（5）：635-640.

[70] Costanza R，Norton B G，Hashell B D. Ecosystem Health：New Goals for Environmental Management. Washington DC：Island Press. 1992，1-125.

[71] 任海，邬建国，彭少麟. 生态系统健康的评估. 热带地理，2000，20（4）：310-316.

[72] 张坤民. 可持续发展论. 北京：中国环境科学出版社，1997.

[73] 邓楠. 可持续发展：人类安全与生存. 哈尔滨：黑龙江教育出版社，1999.

[74] 中国社会科学院环境与发展研究中心. 中国环境与发展评论（第一卷）. 北京：社会科学文献出版社，2001.

[75] 钱易，唐孝炎. 环境保护与可持续发展. 北京：高等教育出版社，2000.

[76] 李峰. 俄罗斯自然资源利用和生态安全国家监督体制. 全球科技经济瞭望，2003，(6)：39.

[77] 杨京平，卢剑波. 生态安全的系统分析. 北京：化学工业出版社，2002，143-151.

[78] Rees W E. Revisiting Carrying Capacity：Area-Based Indicators of Sustainability. Population and Environment，1996，17（3）：195-218.

[79] 曹伟. 生态足迹分析方法与城市生态安全. 规划师，2003，19（1）：20-24.

[80] Travis C C，Morris J M. The emergence of ecological risk assessment. Rusk Analy，1992，12（2）：167-168.

[81] Adriaanse A. Environmental Policy Performance Indicators：A Study of Indicators for Environmental Policy in the Netherlands. The Hague：Sdu Uitgeverji Koninginegracht，1993.

[82] Inshin N A. The effectiveness and ecological safety of herbicides application under maize in rotations. Agrokhimiya，1998，(7)：64-68.

[83] Samersov V，Trepashko L. Power consumption of systems of plant protection as criterion of their ecological safety. Archives of Phytopathology and Plant Protection，1998，31（4）：335-340.

[84] Dyson J S. Ecological safety of paraquat with particular reference to soil. Planter，1997，73（5）：467-478.

[85] Okey B W. Systems approaches and properties，and agroecosystem health. Journal of Emvironmental Mamagement，1996，48（2）：187-199.

[86] Stauber K N. The futures of agriculture. Amerrican Journal of Altenative Agriculture，1994，(9)：1-15.

[87] 周海林. 农业可持续发展状态评价指标（体系）框架及其分析. 农业生态环境，1999，15（3）：6-10.

[88] 张壬午等. 持续农业与发展综合效益评价指标体系探讨. 农业现代化研究，1994，15（1）：24-27.

[89] 傅和玉. 农药的生态安全特性指标方程的研究. 昆虫知识，2001，38（4）：295-299.

[90] 董玉祥. 土地沙漠化监测指标与体系的探讨. 干旱环境监测，1992，6（2）：179-183.

[91] 刘星晨，吴波，王葆芳. 荒漠化评价指标体系与动态评估研究进展和展望. 林业科技管理，1998，21（2）：24-25.

[92] 杨伟光，付怡. 农业生态环境质量的指标体系与评价方法. 环境保护，1999，(2)：26-27.

[93] 谭崇台. 发展经济学. 沈阳：辽宁人民出版社，1992.

[94] 陶文达. 发展经济学. 成都：四川人民出版社，1995，18-20.

[95] 联合国开发计划署. 1995 人类发展报告（中文版）. 北京，1995，11-12.

[96] 贺铿. 关于小康社会的统计评价标准和监测方法探讨. 统计研究，2003，(4)：3-8.

[97] 施祖辉. 社会经济发展水平综合评价方法. 预测，1995，(1)：51-55.

[98] 朱庆芳. 社会发展指标体系的建立与应用. 中国人口资源与环境，1995，5（2）：53-56.

[99] 季丽萍. 城市人居环境. 北京：中国轻工业出版社，2001，1-3.

［100］ 于志熙. 城市生态学. 北京：中国林业出版社，1992，1-5.

［101］ 徐肇忠. 城市环境规划. 武汉：武汉大学出版社，1999，45-58.

［102］ 杨小波，吴庆书. 城市生态学. 北京：科学出版社，2000，92-94.

［103］ 中华人民共和国环境与发展报告. 北京：中国环境科学出版社，2000，38.

［104］ 张桂兰. 城市水资源危机与出路. 山东师大学报（自然科学版），1994，9（2）：21-25.

［105］ 水资源供需矛盾加剧，全国三分之二城市供水不足. 安全与环境工程，2003，10（4）：81.

［106］ 霍金良，何岩，邓伟. 东北地区城市水资源环境问题及其对策. 城市环境与城市生态，2003，16（3）：8-10.

［107］ 杨铁辉，龙巧玲. 城市水资源的可持续发展策略. 湖南水利水电，2003，（6）：30-31.

［108］ 周清华. 基尼系数的基本算法总结. 统计教育，2002，(1)：12-13.

［109］ 联合国开发计划署驻华代表处. 中国：人类发展报告-人类发展与扶贫. 北京，1997，11-12.

［110］ 国家环境保护总局. 2002年中国环境状态公报. 环境保护，2003，(7)：3-13.

［111］ 冯东方. 中国城市环境现状及主要城市环境管理措施. 城市发展研究，2001，8（4）：51-56.

［112］ 国家环境保护总局. 中国环境年鉴. 北京：中国环境科学出版社，2000.

［113］ 夏光，周新，高彤等. 中日环境政策比较研究. 北京：中国环境科学出版社，2000，223-227.

［114］ 国家统计局. 中国统计年鉴：2003. 北京：中国统计出版社，2003，855-869.

［115］ 朱美荣. 跨世纪中国城市环境问题和城市环保战略思考. 经济地理，1999，19（2）：76-81.

［116］ 席俊清，蒋火华. 我国城市生活垃圾处理现状及存在问题分析. 中国环境监测，2003，19（1）：21.

［117］ 方一平. 我国城市污染削减与环境管理的三个基本问题. 宁夏工程技术，2004，3（3）：252-259.

［118］ 辽宁省统计局. 辽宁城市统计年鉴. 沈阳：辽宁人民出版社，2002，3-5.

［119］ Mandani E H. Application of Fuzzy Logic to Approximate Reasoning Using Linguistic Synthesis. IEEE Transaction on Computers，1997，26（12）：1182-1191.

［120］ Zadeh L A. Fuzzy Sets. Information and control，1965，(8)：338-353.

［121］ 赵振宇，徐用懋著. 模糊理论和神经网络的基础与应用. 北京：清华大学出版社，1997.

［122］ 于连生. 环境模糊系统及其应用. 长春：吉林大学出版社，1992，139.

［123］ 王飞儿. 生态城市理论及其可持续发展研究［D］. 杭州：浙江大学，2004.

［124］ 董宪军. 生态城市研究［D］. 北京：中国社会科学院，2000.

［125］ 李冬. 循环型社会的重要支柱产业——日本"3R"产业的发展. 现代日本经济，2005，3（141）：41-45.